ARKADIA

Bernhard Kempen

ARKADIA

Ein Greedy-Roman aus dem Xenosys-Universum

AndroSF 123

Bernhard Kempen
ARKADIA
Ein Greedy-Roman aus dem Xenosys-Universum

AndroSF 123

Bibliografische Information der Deutschen Nationalbibliothek
Die Deutsche Nationalbibliothek verzeichnet diese Publikation in der Deutschen Nationalbibliografie; detaillierte bibliografische Daten sind im Internet über http://dnb.d-nb.de abrufbar.

Titelbild: Dirk Schulz
Illustrationen: Michael Wittmann
Karte: Maria Wohnig
Layout & Umschlaggestaltung: global:epropaganda
Korrektorat: Amandara M. Schulzke, Michael Haitel
Lektorat: Eva Brunner, Michael Haitel
Herstellung: Schaltungsdienst Lange oHG, Berlin

Verlag: *p.*machinery Michael Haitel
Norderweg 31, 25887 Winnert
www.*p*machinery.de
für den Science Fiction Club Deutschland e. V., www.sfcd.eu

ISBN: 978 3 95765 210 2

Bernhard Kempen

ARKADIA

Ein Greedy-Roman aus dem Xenosys-Universum

1

Ich weiß, dass ich der beste Reporter von *Trash Universe* bin, wenn es darum geht, unter der Gürtellinie zu recherchieren. Aber hätte ich geahnt, was auf mich zukommt, als mein Chef mich an diesem Tag in sein Büro rufen ließ, nun ja …

Mir ist immer noch nicht klar, was ich von der Sache halten soll. Gerade habe ich den ersten Chip mit mehreren missglückten Versuchen, eine fetzige Reportage zu schreiben, in die Ecke gefeuert.

Also noch mal von vorn und der Reihe nach. Vielleicht klappt es ja diesmal.

Mein Chef kennt mich viel zu gut. Er weiß genau, wie er mich um den Finger wickeln kann. Und hinterher ärgere ich mich jedes Mal, dass ich wieder auf ihn hereingefallen bin.

»Dein Bericht über die Nutten vom Mars ist bombenmäßig eingeschlagen, Adrian«, sagt Bob Bruford zur Begrüßung. »Sämtliche Medienagenturen des Universums prügeln sich gerade um die Kopierrechte und treiben gegenseitig die Preise in die Höhe. Man merkt bei jedem einzelnen Satz, dass du dich mit Leib und Seele in die Recherchen gestürzt hast.«

Das war auch so eine Sache, mit der er mich total überrumpelt hat. Hätte ich damals geahnt … Aber lassen wir das.

»Die drei Wochen Sonderurlaub hatte ich danach auch dringend nötig«, sage ich.

»So liebe ich dich – immer zu Scherzen aufgelegt!«, sagt Bob mit seinem dröhnenden Lachen, das nichts Gutes ahnen lässt. »Ich hoffe, du bist jetzt wieder fit!«

»Weiß ich nicht. Hab's seitdem noch nicht wieder ausprobiert.«

»Dann solltest du schon mal mit dem Training anfangen!« Er wirft mir seinen typischen durchtriebenen Blick zu. Und dann kommt's: »Ich habe nämlich einen ganz besonderen Leckerbissen für dich, Adrian!«

»Soll ich dir jetzt jede Woche eine Fortsetzung liefern?«

»Keine schlechte Idee. Darauf kommen wir später vielleicht noch einmal zurück. Nein, es ist viel besser!«

Inzwischen sollte mir eigentlich klar sein, dass ich lieber die Finger davon lassen sollte, wenn er schon so anfängt.

»Nun sag schon, was für eine Gemeinheit du diesmal ausgeheckt hast!«, dränge ich ihn.

»Ich habe hier ein Ticket für dich.« Bob hebt einen Fetzen Papier vom Schreibtisch auf und wedelt mir damit vor der Nase herum.

»Ach du Scheiße!«, sage ich. »Das sieht nach einem interstellaren Flug aus.«

»Völlig richtig!«

»Und was bleibt für mich übrig, nachdem du mir die Reisekosten vom Gehalt und die mehrwöchige Reisezeit vom Urlaub abgezogen hast?«

Bob schüttelt sich vor Lachen. »Genau dieser bissige Zynismus ist es, den unsere Leser an den Reportagen von Adrian Ginjeet so lieben!«

Ich habe nie verstanden, was ausgerechnet Bob Bruford mit seinem merkwürdigen Sinn für Humor an meiner Arbeit findet. Außerdem habe ich das Gefühl, dass er immer an den falschen Stellen lacht. Aber solange er mir den Lebensunterhalt sichert, soll es mir recht sein.

»Soll das etwa heißen, *Trash* übernimmt die vollen Kosten, um mich ins All zu schießen?«, frage ich misstrauisch. »An der Sache muss doch was faul sein!«

Bob grinst auf seine unnachahmliche Weise. »Der einzige Haken ist, dass ich eine erstklassige Reportage von dir erwarte.«

»Wenn du mir nicht sofort sagst, was du von mir erwartest, gehe ich zur Konkurrenz und schreibe einen Bericht über deine Geschäftspraktiken!«

Er winkt nur müde ab. »Wenn ich in der Branche bekannt gebe, dass du vor diesem Auftrag den Schwanz eingezogen hast, bist du beruflich erledigt.« Dann lehnt er sich mit einem genüsslichen Grinsen zurück, um endlich die Katze aus dem Sack zu lassen: »Dein Flugziel lautet Arkadia.«

»*Waas?*«, brülle ich fassungslos.

»Ich sagte, dein Flugziel …«

»Ich habe dich schon verstanden«, unterbreche ich ihn wütend. »Ich frage mich nur gerade, wie viel Sonderhonorar ich fordern soll, damit du die Sache abbläst.«

»Jetzt mach bloß keinen Rückzieher, Adrian. Es hat mich einen Haufen Geld und ziemlich viel Mühe gekostet, eine Aufenthaltsgenehmigung für dich zu besorgen.«

»Das kann ich mir vorstellen«, erwidere ich mürrisch.

»He, was ist los mit dir? Ich dachte, ein Besuch auf Arkadia wäre der Traum jedes sensationsgeilen Medienreporters!«

»Von wegen! Jeder weiß doch, was auf Arkadia los ist. Friede, Freude, Eierkuchen. Und das war's auch schon. Wie soll ich darüber einen Bericht schreiben?«

»Mann, streng dich ein bisschen an! Das meiste sind doch sowieso nur Gerüchte. Fühl den Arkadiern mal so richtig auf den Zahn! In ihrem angeblichen Paradies muss doch was faul sein!«

»Die Schlange im Paradies?«, brumme ich zögernd, während ich allmählich ins Grübeln komme. »Das wäre allerdings ein Aufhänger ...«

»Also bist du einverstanden?« Als Bob mich gebannt anstarrt, sieht er aus, als würde er jeden Augenblick vor Freude an die Decke springen. Jetzt hat er mich. Und er weiß es ganz genau.

»Du lässt ja doch nicht locker, bis ich zugesagt habe.«

»Völlig richtig!«

Nachdem ich einige persönliche Angelegenheiten geregelt und meinen Wohnungscomputer für die lange Zeit der Abwesenheit instruiert habe, kann es losgehen. Meine Begeisterung hält sich nach wie vor in Grenzen, und als ich mit der Raumfähre in den Orbit geschossen werde, wo das Passagierraumschiff wartet, frage ich mich unwillkürlich, ob ich die gute alte Erde jemals wiedersehen werde. Ich habe zwar schon einige Weltraumflüge tapfer hinter mich gebracht, aber noch nie zuvor die Grenzen meines heimischen Sonnensystems verlassen. Als das Schiff irgendwo hinter der Bahn des Jupiter das Stringtriebwerk anwirft, um sich auf Überlichtgeschwindigkeit zu katapultieren, und durch die Sichtfenster nur noch stockfinstere Nacht ohne ein einziges Lichtpünktchen zu sehen ist, sinkt meine Stimmung auf den absoluten Nullpunkt.

Was habe ich hier draußen im Nichts zwischen den Sternen verloren, im gähnenden Abgrund zwischen den Orten, an denen es sich ganz gut leben lässt? Ich muss mir immer wieder einreden, dass sich vor mir schon viele Menschen auf eine solche Reise begeben haben. Und von wenigen Ausnahmen abgesehen – mit denen ich mich jetzt nicht näher befassen möchte – haben sie alle wohlbehalten ihr Ziel erreicht. Etliche haben sich sogar dazu entschlossen, dauerhaft auf anderen Planeten in der Nähe ferner, fremder Sonnen zu leben. Trotzdem werde ich das Gefühl nicht los, dass dieses Raumschiff in einer Art Jenseits unterwegs ist, weit draußen irgendwo hinter der Bahn des Pluto, der über das Reich des Todes herrscht …

Um mich von derartigen Grübeleien abzulenken und die Flugzeit sinnvoll zu nutzen, habe ich mich mit allen möglichen Informationen über die Arkadier eingedeckt, um sie gründlich studieren zu können, während wir die knapp vierzig Lichtjahre hinter uns bringen. Die wesentlichen Fakten dürften zwar allgemein bekannt sein, aber ich will ja der Reihe nach vorgehen. Außerdem sollte man das Ausmaß der Ignoranz nicht unterschätzen, wenn es um die Frage geht, wie intensiv sich ein durchschnittlicher Erdbewohner mit dem befasst, was in der Welt außerhalb seines angestammten Wohnortes vor sich geht – wobei ich mich selbst gar nicht unbedingt von dieser durchaus pragmatischen Einstellung ausnehmen möchte.

Entdeckt wurde der zweite Planet der Sonne Aura während der großen Erkundungszeit im Jahre 2126. Er ist etwas kleiner als unsere gute alte Erde, sodass ich mich in der dort herrschenden Schwerkraft von etwa 0,9 *g* leicht wie ein junges Reh fühlen werde. Und ich kann einigermaßen nachvollziehen, dass die Leute, die den Planeten seinerzeit als Erste betraten, aus dem Staunen nicht herauskamen. Denn Arkadia erwies sich in jeder Hinsicht als paradiesische Welt. Die Temperaturen schwanken zwischen fünfundzwanzig und dreißig Grad Celsius, tagsüber scheint ununterbrochen die Sonne, Regen gibt es nur nachts, und alles ist herrlich grün. Der ganze Planet sieht aus wie diese wunderbar kitschigen Bilder aus den Urlaubsprospekten vor der Raumfahrtzeit.

Natürlich drängt sich nun die unausweichliche Vermutung auf, dass es doch irgendwo einen Pferdefuß geben muss. Denn ein solches Paradies kann es in Wirklichkeit gar nicht geben. Auf Hawaii oder Bali ist es ja auch ganz nett, aber dafür gibt es dort böse Hurrikans, Schlangen oder Tropenkrankheiten. Selbst in den billigen Science-Fiction-Romanen des zwanzigsten Jahrhunderts lauert auf jeder Paradieswelt ein geiferndes Monstrum oder Schlimmeres.

Was Arkadia betrifft: Fehlanzeige. Dort gibt es keine Monstren, nicht einmal einen harmlosen Regenwurm. Denn die einzigen einheimischen Lebensformen sind Pflanzen, und die verhalten sich absolut friedlich, weil sie sich im Laufe ihrer Evolution niemals gegen fresswütige Tiere verteidigen mussten.

Mehrere Wissenschaftlerteams wurden nach Arkadia geschickt, aber trotz intensivster Nachforschungen wurde wirklich nichts entdeckt, was menschlichem Leben gefährlich werden könnte. 2131 kamen dann die ersten Kolonisten. Und die fanden bald den Haken an der Sache. Arkadia ist nämlich einfach nur schön und weiter nichts. Es gibt keinerlei nennenswerte Bodenschätze, und in der moos- und farnähnlichen Pflanzenwelt wurde nichts gefunden, was sich irgendwie für menschliche Bedürfnisse verwerten ließe. Man holte die Kolonisten gerade noch rechtzeitig zurück, bevor sie aus lauter Langeweile auf die Idee kommen konnten, sich zur Abwechslung gegenseitig die Köpfe einzuschlagen.

Nachdem ein paar Jahre lang Ruhe im Paradies herrschte, stellten schließlich die Nudisten den Antrag, eine neue Kolonie auf Arkadia gründen zu dürfen. Dem Antrag wurde sofort stattgegeben, da sich auf diese Weise die einzigartige Gelegenheit ergab, die Läuse im Pelz der verfilzten Erdgesellschaft loszuwerden. Die Nudisten haben sich bekanntlich aus einer Jugendbewegung im letzten Jahrhundert entwickelt, die nicht nur die Freiheit des Geistes, sondern auch des Körpers forderte. Zu Anfang dieses Jahrhunderts kam es dann zum leicht missglückten Genexperiment ihres Gurus Jack Rodriguez, worauf sämtliche Nudisten ihre Körperbehaarung verloren. Seitdem ist die totale Haarlosigkeit der Nudisten zu ihrem Markenzeichen geworden, sodass sich auch die meisten neuen Anhänger freiwillig der gentechnischen Haarentfernung unterziehen.

Seit 2137 können sich die Nackedeis nun nach Lust und Laune auf Arkadia austoben. Dem Rest des Universums war es bislang ziemlich egal, was sie dort trieben, abgesehen von den Berichten über Sexakrobatik, Massenorgien oder Wettbumsen, die immer wieder durch die Boulevardmagazine geisterten. Doch dann bricht eines Tages im Jahre 2197 der Top-Reporter von *Trash Universe* auf, um erstmals persönlich und vor Ort die Tatsachen hinter all den Skandalmeldungen und Gerüchten zu recherchieren.

Ich hasse Reisen. Ich kann es gar nicht oft genug sagen. Warum sich viele Menschen freiwillig dieser Tortur aussetzen und sogar einen Haufen Geld dafür bezahlen, werde ich nie begreifen.

Während des Anflugs mit der Planetenfähre kann ich durch eine winzige Sichtluke einen ersten Blick auf die blaugrüne Kugel mit den sparsam hingetupften weißen Wölkchen werfen. Ganz nett, aber nichts, was einen erfahrenen Reporter vom Hocker reißen würde. Außerdem bin ich fest in meinem viel zu engen Sitz angeschnallt, sodass ich ohnehin keine übermütigen Luftsprünge vollführen könnte.

Thela Hun dagegen strahlt geradezu vor Begeisterung. An Bord des Linienraumschiffs war sie neben mir der einzige Passagier mit dem Flugziel Arkadia. Ich habe mich unterwegs ein wenig mit der hübschen Chinesin aus Singapur mit dem langen, schwarzen Haar angefreundet. Während des Fluges haben wir uns abwechselnd in ihrer und meiner Koje die Zeit vertrieben, aber als sie mir dann von dem tollen Arkadier erzählt hat, den sie auf der Erde kennengelernt hat und mit dem sie nun ein neues Leben auf Arkadia beginnen will, bin ich etwas auf Distanz gegangen.

Nach dem ansonsten stinklangweiligen Flug setzt das Gefährt mit einem unsanften Ruck auf. Ein dumpfes Klacken, unter dem die Fähre dröhnend vibriert, kündigt an, dass die luftdichte Schleusenkupplung verriegelt wurde. Wieder heißt es Warten, bis endlich das Okay von der Raumhafenkontrolle kommt und wir durch die Luke aussteigen dürfen.

Doch nun geht es keineswegs an die frische Luft, sondern zunächst durch einen Tunnel, der nach Schmieröl und Desinfektionsmitteln stinkt und uns in die Quarantänestation führt. Der Planet steht unter strengen Schutzbestimmungen, damit niemand unangenehme Bazillen und andere Fremdorganismen in die heile Welt einschleppen kann. Menschen sollen die einzigen tierischen Schmarotzer bleiben, die auf Arkadia geduldet werden.

Wir müssen uns ausziehen und uns diversen Bestrahlungen und chemischen Bädern aussetzen, bis wir angeblich sauber sind. Obwohl Thela mich bereits etwas näher kennengelernt hat, stört es mich ein wenig, dass man auf getrennte Räumlichkeiten für die Damen und die Herren der Schöpfung verzichtet hat, aber vermutlich würde sich der Aufwand bei dem spärlichen Reiseverkehr kaum lohnen. Außerdem kann ich mir vorstellen, dass man solchen Befangenheiten gerade auf Arkadia nur wenig Verständnis entgegenbringt.

Endlich öffnet sich die Schleuse, und ich kann ins Freie taumeln, während Thela wie ein geölter Blitz an mir vorbeizischt. Bevor ich mir in aller Ruhe einen ersten Eindruck von Arkadia verschaffen kann, stürmt mir die Realität dieses unmöglichen Planeten mit voller Wucht entgegen.

»Herzlich willkommen auf Arkadia! Ich bin July!«

Die Quelle dieser Begrüßung ist ein Weib, an dem die Steinzeitjäger von Willendorf ihre helle Freude gehabt hätten. July ist eine Arkadierin, daran gibt es nicht den geringsten Zweifel. Dass sie völlig unbehaart ist und keinen Fetzen Kleidung am Leib trägt, muss ich wohl nicht ausdrücklich betonen.

Der Überfall trifft mich völlig unvorbereitet. Eine Körpermasse von schätzungsweise einhundertfünfzig Kilogramm rast mit einer unglaublichen Geschwindigkeit auf mich zu, dann werde ich von kräftigen Armen umschlungen und an die üppige, schokoladenbraune Mutterbrust gedrückt.

Dabei muss man sich vor Augen halten, dass ich, ein zivilisierter, eher schmächtig gebauter Mensch von der guten alten verklemmten Erde, gerade splitterfasernackt und somit völlig wehrlos aus dem Quarantänetrakt gekommen bin. Das Abenteuer Arkadia hat längst begonnen.

»Humpf!« So oder so ähnlich lautet meine Antwort auf Julys Begrüßung.

July lacht hemmungslos und klatscht unverschämt auf meinen nackten Hintern. »Entspann dich, Adrian!«, sagt sie. »Auf Arkadia gibt es nichts, wovor du Angst haben müsstest.«

»Ach!« Zu einer intelligenteren Formulierung ist meine allmählich wiederkehrende Sprachfähigkeit noch nicht in der Lage. Doch in diesem einen Wörtchen konzentriert sich meine ganze Fassungslosigkeit über den Widerspruch zwischen ihrem Beschwichtigungsversuch und den nackten Tatsachen.

»Komm, wir holen deine Sachen«, sagt July und führt mich durch die Ankunftshalle zur Gepäckausgabe.

Eigentlich müsste man es mir nachsehen, wenn ich diese Szene zum Schutz meines Selbstwertgefühls nicht weiter beschreibe, doch meine journalistische Ehre gebietet mir, sie um des Effekts willen bis zum Letzten auszukosten. Man stelle sich also bildlich vor, wie ich, der ansonsten knallharte, gnadenlos zynische Reporter, splitternackt und Händchen haltend hinter einem Drei-Zentner-Weib hertrotte. Wenn ich zu diesem Zeitpunkt geahnt hätte, dass es im Laufe meines Aufenthalts noch zu viel peinlicheren Szenen kommen würde …

»Endlich!«, schnaufe ich, als mir ein Raumhafenangestellter mit markantem Glatzkopf meine Reisetaschen ausgehändigt hat. Hektisch reiße ich das in Folie verschweißte Päckchen mit meiner Kleidung auf, von der ich mich in der Quarantäne trennen musste.

»Du hast doch nicht etwa vor, dich *bekleidet* auf Arkadia zu bewegen!«, ruft July entsetzt.

»Meines Wissens gibt es kein Gesetz, das es mir verbieten würde«, erwidere ich trotzig, während ich meine Hose anziehe und mich schon etwas besser fühle.

»Das ist zwar richtig«, sagt July, »aber du würdest damit überall auffallen.«

»Na und?« Ich ziehe mein Hemd über den Oberkörper und fühle mich jetzt wieder wie ein Mensch. »Ich bin Individualist und gebe nichts auf kleinkarierte Ansichten!«

July lacht schallend. »Ich habe ja schon viele Vorurteile über Arkadier gehört, aber bislang hat uns noch niemand vorgeworfen, wir seien *kleinkariert*.«

Natürlich hat sie recht, aber ich habe auch meinen Stolz. Thela dagegen scheint in dieser Hinsicht überhaupt keine Hemmungen zu besitzen. Als ich mich zu ihr umblicke, sehe ich, dass sie jemandem um den Hals gefallen ist, der ungeniert ihren süßen kleinen Hintern betatscht. Dann wehrt sie die recht aufdringlichen Hände ab und kehrt zu July und mir zurück, um mir ihren Freund Frank vorzustellen, der gekommen ist, um sie abzuholen. Gebannt starre ich seinen völlig haarlosen Körper an. Auf den ersten Blick verleiht ihm die Glatze etwas Intellektuelles, doch dieser Eindruck wird durch die fehlenden Augenbrauen wieder aufgehoben, was ihm einen gewissen Anstrich der Dümmlichkeit verleiht. Sein kleiner, völlig nackter und vor Wiedersehensfreude leicht erigierter Schwanz hat dagegen fast etwas Präpubertäres, vor allem, wenn er Arm in Arm mit der zierlichen Thela dasteht. Habe ich schon erwähnt, dass auch sie zwischen den Beinen wie ein höchstens zehnjähriges Mädchen aussieht, weil sie sich aus Sympathie für die Arkadier fleißig mit Enthaarungscreme einreibt?

Vor etwa zweihundert Jahren war es eine Zeit lang unter Männern und Frauen in Mode, sich die Schamregion zu rasieren, wie man in manchen alten Flachfilmen sehen kann. Doch ausgerechnet die Nudistenbewegung sorgte letztlich dafür, dass die übrige Erdbevölkerung wieder den natürlichen Zustand vorzog. Was das betrifft, kann ich einfach nicht über meinen Schatten springen.

Als Frank mich begrüßen will, fängt July ihn mit einer eleganten Bewegung ab und flüstert ihm etwas ins Ohr. Frank stutzt einen Augenblick und streckt dann den Arm aus, um mir züchtig die Hand zu schütteln. Bei Gelegenheit muss ich July für diese kleine Aufmerksamkeit danken.

Kurz darauf verabschieden sich die Kinder und tollen übermütig davon. July führt mich dann aus dem Raumhafengebäude ins Freie, wo ich erstmals den tiefblauen Himmel Arkadias bewundern kann. Das Klima ist tatsächlich sehr angenehm, wie ich überrascht feststellen muss. Obwohl die Sonne hoch am Himmel steht, brennt sie nicht etwa wie am irdischen Äquator, sondern verströmt eine Wärme, in der man sich einfach wohlfühlt. Das hat irgendetwas mit der speziellen Zusammensetzung der Atmosphärenschichten des Planeten zu tun, aber erwarten Sie bitte nicht von mir, dass ich Ihnen jetzt erkläre, welche Strahlungsanteile wie absorbiert werden, weil ich es selbst nicht verstanden habe. Ich habe mir nur gemerkt, dass man aufgrund dieser Besonderheiten niemals einen Sonnenbrand bekommen kann, was mich ungemein beruhigt. Auch dass die Luftfeuchtigkeit gerade so geregelt ist, dass man kaum ins

Schwitzen kommt, nehme ich mit großer Erleichterung zur Kenntnis.

Ich folge July über einen sattgrünen Rasenstreifen, der aus einer Art weichem Moos besteht, bis zu einem betonierten Platz. Dort steht ein nicht mehr ganz moderner Antigravgleiter, vor dem eine junge Frau wartet.

»Das ist Greedy, unsere Pilotin«, stellt July sie vor. Als uns die braunhäutige, mit Idealmaßen ausgestattete und natürlich ebenfalls völlig nackte Frau entgegenkommt, hebt July warnend eine Hand. »Vorsicht! Ich glaube, er mag es nicht, wenn man ihm sofort um den Hals fällt. Wir sollten ihm etwas Zeit lassen, sich bei uns einzugewöhnen.«

»Hallo, Adrian«, werde ich von Greedy begrüßt, die in halbwegs angemessener Entfernung vor mir stehen bleibt, um mich von oben bis unten zu mustern. Ich weiß, es klingt verrückt, aber in diesem Augenblick kommt es mir vor, als würde *ich* splitternackt im Scheinwerferlicht auf einer Bühne stehen, während diese Frau mich von ihrem sicheren Platz im Zuschauerraum beobachtet.

Und obwohl wir uns überhaupt nicht berühren, scheinen unsere Körper sofort in eine intensive Wechselwirkung zu treten. Ein wohliger Schauer durchfährt mich, als hätte ich gerade einen geliebten Menschen in die Arme geschlossen. Es ist fast wie Sex, aber es kommt so überraschend, dass ich unwillkürlich einen Schritt zurückweiche.

Wie ein kleines Kind bestaune ich diese Frau, ihr freundliches Gesicht, die einladenden Brüste und die frappierende Nacktheit ihres unbehaarten Geschlechts. Natürlich ist es nicht das erste Mal, dass ich den unbekleideten Körper einer attraktiven Frau zu Gesicht bekomme, doch bei Greedy ist es völlig anders. Wie soll ich es beschreiben? Greedy sieht einfach gut aus. Diese schlichten Worte geben meinen ersten Eindruck recht akkurat wieder.

Wenn Sie jetzt glauben, der Anblick ihrer prallen Titten hätte mich geil gemacht oder ich würde lechzend auf ihre Möse starren, muss ich Ihre galoppierende Fantasie zurückpfeifen. Damit will ich keineswegs behaupten, dass Greedy unerotisch wirkt. Ganz im Gegenteil. Sie weiß genau, dass sie eine Frau ist – und was für eine! Aber sie prahlt nicht mit ihren Reizen. Und sie versucht auch nicht, in gezierter Verschämtheit mit ihrem süßen Geheimnis zu kokettieren. Mir wird in diesem kurzen Augenblick klar, dass Nacktheit für sie ein völlig selbstverständlicher Zustand ist.

Wie soll ich es erklären, ohne Missverständnisse zu provozieren? Greedy versteckt sich nicht in ihrem Körper, wie es viele erdgeborene Menschen tun, sondern sie setzt ihn dazu ein, die Welt zu erleben. Ihre klaren Augen blicken mit wachem Interesse, ihre Nase scheint neugierig meine Witterung aufgenommen zu haben, und ihr Mund ist leicht geöffnet. Dieselbe Offenheit und Neugier drückt sich in ihren runden, straffen Brüsten aus, deren kleine Brustwarzen sich mir wie sensible Sinnesorgane entgegenrecken. Und der haarlose Spalt zwischen ihren leicht gespreizten Beinen ist wie ein zweiter Mund, der dazu da ist, den Kontakt zu anderen Menschen buchstäblich zu vertiefen.

Ich hoffe, Sie haben Verständnis dafür, dass ich ein wenig ins Schwärmen geraten bin. Selbst für jemanden wie mich ist es eine ziemlich überwältigende Erfahrung, plötzlich einer solchen Frau gegenüberzustehen. Aber irgendwann schaffe ich es, mich wieder zusammenzureißen.

»Hallo, Greedy«, erwidere ich endlich ihre Begrüßung. »Ich dachte, Piloten müssten wenigstens eine Mütze tragen.«

»Die wäre mir längst vom Fahrtwind weggepustet worden«, entgegnet sie und streicht sich grinsend über die glatte Schädeldecke. »Willst du wirklich diese albernen Klamotten mit dir herumschleppen?«

»Gib dir keine Mühe«, wirft July ein, »er scheint ein ziemlich verklemmter Bursche zu sein.«

»Ich frage mich nur, was er zu verbergen hat«, sagt diese Greedy mit einem unzweideutigen Blick auf meinen Unterleib.

»Nichts Besonderes«, erwidert July mit einer wegwerfenden Handbewegung. »Du hast überhaupt nichts verpasst.«

»Bitte etwas mehr Respekt, meine Damen!«, entrüste ich mich.

Sie lachen nur. Verdammte Weiber!

July besteigt den offenen Gleiter und okkupiert beide hinteren Sitzplätze, sodass ich mich notgedrungen neben die Pilotin setzen muss. Zögernd verwickle ich Greedy in ein Gespräch über die technischen Spezifikationen des Gleiters, um mich von den biologischen Details dieser Frau abzulenken. Doch im Grunde gibt es kaum etwas Bemerkenswertes zu ihrem Gefährt zu sagen, da es sich um ein bekanntes Standardmodell handelt, das in millionenfacher Ausfertigung auf der Erde und anderen Planeten im Gebrauch ist.

Greedy lässt das Fahrzeug behutsam emporsteigen, legt sich in eine elegante Kurve und beschleunigt. Im Fahrtwind kühlt sich mein erhitztes Gemüt allmählich ab, während unter uns der Raumhafenkomplex zurückfällt. Dann gleiten wir über hellgrüne Farngraswiesen und dunklere Wälder aus Moos- und Farnbäumen dahin. Nur vereinzelt tauchen weiße Gebäude aus Betonit auf, doch dazwischen keine einzige Straße, die die nette Landschaft verschandelt hätte. Nur ein Fluss, der sich in weiten Mäandern durch das Grün schlängelt und in dem sich der dunkelblaue Himmel von Arkadia spiegelt.

Dann landen wir vor einer größeren Gebäudegruppe an einem idyllischen See. Die Frauen erklären mir, dass es sich gewissermaßen um das Zentrum von Arkadia handelt, wo sich der größte Teil der Bevölkerung des Planeten konzentriert.

»Arkadiapolis!«, prahle ich mit meinem angelesenen Wissen.

Die beiden stutzen für einen kurzen Moment, bis sie leise lachen.

»Ja, das ist die offizielle Bezeichnung«, bestätigt July, »aber im Alltag benutzen wir sie kaum noch.«

»Verstehe«, sage ich. »Da es die einzige nennenswerte Ansiedlung auf diesem Planeten ist, besteht kaum eine Verwechslungsgefahr mit anderen Städten.«

Zumal das Ganze gar nicht wie eine richtige Stadt wirkt, sondern eher wie eine zufällige Ansammlung von Gebäuden, die sich harmonisch in die Landschaft einfügen. Also kein Vergleich mit den über Jahrhunderte gewachsenen, dicht gedrängten Megastädten der Erde.

Schließlich bringen wir mein Gepäck in ein freies Apartment, das man mir für die Dauer meines Aufenthalts zur Verfügung gestellt hat.

Greedy verabschiedet sich von uns, da sie noch einige Aufträge zu erledigen hat, und lässt mich mit July allein. Ich muss zugeben, dass ich darüber gar nicht so sehr enttäuscht bin, obwohl die kesse Pilotin viel eher meinen Vorstellungen von einer atemberaubenden Traumfrau entspricht. Aber schließlich kann man nicht pausenlos den Atem anhalten und träumen.

Dann unternehmen July und ich einen kleinen Bummel durch Arkadiapolis – oder kürzer gesagt, die »Stadt«. Die Architektur bietet eine nette, weitläufige Anlage mit Apartments auf verschiedenen Ebenen, die an schattigen Säulengängen liegen, sozusagen die Arkaden von Arkadia, dazwischen freie Plätze mit Gärten, Springbrunnen und gemütlichen Bänken. Und natürlich tummeln sich überall splitterfasernackte Arkadier und Arkadierinnen, die bestenfalls einen unauffälligen Armbandcom oder einen schmalen Gürtel um die Taille tragen, wenn sie kleinere Dinge zu transportieren haben. Und von beinahe allen werde ich auf geradezu unverschämte Weise angegafft. Am schlimmsten sind die Kinder, die mit dem ausgestreckten Finger auf mich zeigen und die Erwachsenen in ihrer Nähe offenbar in Erklärungsnotstand bringen.

Während des Spaziergangs stellt sich ein merkwürdiger Effekt bei mir ein, denn schon nach kurzer Zeit hat es für mich kaum noch etwas Besonderes oder Aufregendes, überall nackte Brüste, Schwänze und Hintern zu sehen. Und noch etwas anderes Seltsames geschieht, das ich niemals für möglich gehalten hätte: Nach einer Weile fühle ich mich in meinen Klamotten unwohl. Ich habe das dumme Gefühl, mich zum Clown zu machen, wenn ich mich weiterhin bekleidet über die Oberfläche dieses Planeten bewege. Aber ich reiße mich zusammen und warte jedes Mal tapfer ab, bis sich diese Anwandlungen wieder gelegt haben.

Am meisten verblüfft es mich, wie selbstverständlich die Arkadier miteinander umgehen. Sie arbeiten, plaudern, lachen und scheinen nicht die geringste Scheu vor Berührungen zu haben. Im Gegenteil, überall sehe ich, wie sie Händchen halten, sich umarmen und ständig die körperliche Nähe ihrer Mitmenschen suchen. Obwohl ich zugegebenermaßen Schlimmeres befürchtet habe, muss ich feststellen, dass es insgesamt verhältnismäßig gesittet zugeht. Das höchste der Gefühle sind ein junger Mann, der auf einer Wiese liegt und gedankenverloren den Hintern seines offensichtlichen Liebhabers streichelt, und eine Frau mittleren Alters, deren Hand auf den Weichteilen ihres Gesprächspartners liegt. Doch diese Berührungen wirken genauso unverfänglich wie ein alltägliches Schulterklopfen oder Händeschütteln. Obwohl ich jede potenziell verdächtige Bewegung registriere, erkenne ich keinerlei Anzeichen, dass irgendwo tatsächliche Schweinereien stattfinden. Dass die Arkadier bei jeder sich bietenden Gelegenheit in der Öffentlichkeit herumvögeln, scheint zumindest meinem ersten Eindruck zufolge ein Gerücht zu sein, das der ausufernden Fantasie eines Erdenmenschen mit sexuellen Defiziten entsprungen sein muss.

2

Dann lässt July mich gnädigerweise eine Weile in meinem Apartment allein, damit ich mich etwas erfrischen und meine ersten Eindrücke verarbeiten kann. Anschließend mache ich mich auf den Weg zum Besucherzentrum. July hat mir nahegelegt, diese Einrichtung unbedingt aufzusuchen, in der die Funktionen eines Fremdenverkehrsamts und einer Einwanderungsbehörde vereint sind.

Hier treffe ich Thela wieder, die noch verschiedene Formalitäten erledigen muss, bevor sie sich offiziell als Arkadierin fühlen darf. Ich habe zwar nicht vor, einen Einreiseantrag zu stellen, aber es gehört zum Pflichtprogramm jedes Neuankömmlings, sich über die Gepflogenheiten der arkadischen Gesellschaft informieren zu lassen. Außerdem kann es nicht schaden, wenn meine geneigten Leser erfahren, welchen Prozeduren sich ein werdender Arkadier zu unterziehen hat.

Man lässt uns eine Weile in der Empfangshalle warten, die mit einem künstlichen kleinen Wasserfall inmitten eines Dschungels aus irdischen und arkadischen Pflanzen dekoriert ist. Dann werden wir von Carl begrüßt, einem freundlichen, kräftig gebauten Schwarzen, der ungeniert seinen imposanten Hammer zwischen den Beinen baumeln lässt. Thela starrt mit kaum verhohlenem Interesse auf sein Prachtstück, bis Carl mir augenzwinkernd auf die Schulter klopft und uns offenbart, dass er weiblichen Reizen nur wenig abgewinnen kann. Thelas Interesse verflüchtigt sich merklich, während ich eine leichte Verkrampfung meines Schließmuskels verspüre. Natürlich habe ich als aufgeklärter Mensch des ausgehenden zweiundzwanzigsten Jahrhunderts meine Erfahrungen an beiden Fronten gemacht, aber in dieser speziellen Hinsicht bin ich äußerst wählerisch.

Wir ziehen uns in eine gemütliche Sitzecke zurück, wo Carl uns einige allgemeine Hinweise gibt, wie man auf Arkadia miteinander umgeht. Er bestätigt meinen ersten Eindruck, dass man sich in der Öffentlichkeit mit zielgerichteten sexuellen Aktivitäten ein wenig zurückhalten sollte. Es würde sich zwar niemand darüber aufregen, wenn man seinen Bedürfnissen gemeinsam oder auch allein freien Lauf lässt, aber im Allgemeinen ziehen es auch die Arkadier vor, ihren Vergnügungen ungestört und in aller Ruhe nachzugehen.

Obwohl die Arkadier auf den ersten Blick kaum etwas voreinander zu verbergen scheinen, wird die Wohnung eines anderen als Privatsphäre heiliggehalten. Wenn man jemandem einen Besuch abstatten möchte und er oder sie nicht auf das Signal des Türmelders reagiert, obwohl man fest davon überzeugt ist, dass sich dieser Jemand in seinen eigenen vier Wänden aufhält, respektiert man einfach diesen Ausdruck des Wunsches nach Ungestörtheit und geht seiner Wege. Man sollte in einer solchen Situation auf keinen Fall ein zweites Mal klingeln, außer wenn ein wirklich ernster Notfall vorliegt.

Als Carl mich davon zu überzeugen versucht, dass ich weniger Probleme hätte, wenn ich auf meine absolut überflüssige Kleidung verzichten würde, stößt er bei mir auf taube Ohren. Seinem Gesichtsausdruck entnehme ich, dass er für meinen exzentrischen Standpunkt nicht das geringste Verständnis aufbringt und mich vermutlich für vollkommen bescheuert hält, aber schließlich gibt er seinen sinnlosen Bekehrungsversuch auf. Denn zu meinem Glück gilt es auf Arkadia als äußerst unfein, irgendjemanden zu irgendetwas zwingen zu wollen.

Das einzige ausdrückliche Verbot besagt, dass man unter keinen Umständen feste oder flüssige Exkremente in der freien Natur hinterlassen sollte, was mich zunächst einigermaßen verblüfft, bis Carl uns die Zusammenhänge erklärt. Das Leben auf Arkadia ist zwar ein weiteres Beispiel für das »Xenosys-Phänomen« – die Tatsache, dass die Genetik aller bisher entdeckten außerirdischen Lebensformen erstaunlicherweise genauso wie auf der Erde in DNS- oder RNS-Kettenmolekülen kodiert ist, bestenfalls mit leichten Variationen der Grundstruktur –, aber damit hat sich die Ähnlichkeit auch schon erschöpft. Das bedeutet unter anderem, dass die rein pflanzliche Ökologie des Planeten einfach nicht auf die Verarbeitung von tierischen und somit auch menschlichen Ausscheidungsprodukten vorbereitet ist. Deshalb geben sich die Arkadier große Mühe, ihren biologischen Kreislauf vom Rest des Planeten zu isolieren. Die Einfuhr von tierischen Organismen ist strikt untersagt, und sogar die irdischen Pflanzen, die zur Nahrungsmittelproduktion importiert wurden, sind genetisch so verändert, dass sie ständig mit einem bestimmten Enzym gedüngt werden müssen, das in der arkadischen Natur nicht vorkommt. Falls sich tatsächlich einmal ein Weizenkorn oder ein Apfelkern in die Wildnis von Arkadia verirren sollten, könnten sie dort überhaupt nicht keimen, geschweige denn sich vermehren und die empfindliche Ökologie durcheinanderbringen.

Selbst im Paradies müssen gewisse Vorschriften eingehalten werden. Und es geht auch nicht ohne Bürokratie zu, wie mir anschließend klar wird. Eigentlich ist mein Pflichtprogramm nun beendet, aber Thela hat nichts dagegen, wenn ich bei der Erledigung ihrer Einreiseformalitäten zugegen bin.

Thelas persönliche Daten und ihr Lebenslauf sind zwar schon vor ihrem Abflug per Stringfunk nach Arkadia übermittelt worden, aber Carl fragt ihr trotzdem noch einige Löcher in den Bauch. Das Ganze erinnert mich verblüffend an ein Bewerbungsgespräch, und mir wird bewusst, dass die Arkadier nicht jeden in ihre Gemeinschaft aufnehmen würden. Besonders wichtig scheint ihnen zu sein, dass die Neuankömmlinge ihnen nicht auf der Tasche liegen.

Carl erklärt mir anschließend, dass die Arkadier sehr geschickt mit ihren finanziellen Mitteln haushalten müssen. Schließlich gibt der Planet selbst kaum etwas her, das sich irgendwie vermarkten ließe. Da die ersten Einwanderer zumeist recht gut situiert waren, konnte in den Anfangsjahren eine solide Rückendeckung aufgebaut werden. Das nötige Kleingeld für die unvermeidlichen Importe kommt heutzutage hauptsächlich über die Universität herein, die sich einen bemerkenswerten interstellaren Ruf erworben hat. Die theoretische Forschung konnte im Laufe der Jahre eine Menge von Patenten anhäufen, die einen satten Gewinn abwerfen. Und jeder Arkadier ist verpflichtet, mindestens fünfzig Prozent seines Einkommens an den Gemeinschaftshaushalt abzuführen, was den meisten keine Probleme zu bereiten scheint, da es hier ohnehin kaum möglich ist, sein Geld für irgendwelchen überflüssigen Schnickschnack zu verprassen.

Was Thela betrifft, so ist sie zwar nicht mit Reichtümern gesegnet, aber sie besitzt eine herausragende mathematische Begabung. Habe ich schon erwähnt, dass sie mir während des Herfluges irgendwann zu erklären versuchte, an welchen Stellen sich der gute alte Einstein damals mit seiner Relativitätstheorie verrechnet hat? Ich kann Ihnen diese Erkenntnisse leider nicht weitervermitteln, da ich überhaupt nichts verstanden habe. Aber Thela hat während ihres Studiums in Singapur im zweiten Semester eine Hausarbeit zu diesem Thema aus dem Ärmel geschüttelt! Ich war jedenfalls ziemlich beeindruckt, wozu ihr hübsches kleines Köpfchen imstande ist – vor allem, nachdem wir zuvor eine interessante neue Stellung ausprobiert hatten, von der ich Ihnen bei Gelegenheit unbedingt erzählen muss …

Aber ich möchte nicht abschweifen. Jedenfalls hat Thela die besten Aussichten, zum guten Ruf der arkadischen Wissenschaft beizutragen, wenn sie in ein paar Jahren ihren Doktor gemacht hat. Sie ist sichtlich zufrieden, als Carl uns in die nahe gelegene Klinik begleitet, wo sie sich einem medizinischen Test unterziehen soll.

Auf meine entsprechende Frage erklärt er unterwegs, dass es gar nicht so häufig vorkommt, wie man meinen könnte, dass Einwanderungswillige abgelehnt werden müssen. Die meisten Bewerber sind angeblich sehr intelligent, arbeitswillig, aufgeschlossen und hoch motiviert. Zumindest die letzten beiden Punkte will ich ihm gern glauben. Bislang mussten noch keine Quoten eingeführt werden, da weniger Menschen zu Arkadiern werden möchten, als der Planet verkraften könnte. Den größten Zuwachs erzeugen die Arkadier aus eigenem Antrieb, da sie aufgrund des Lebens in der freien Natur und des Mangels an zivilisatorischen Ablenkungen über eine gesunde Vermehrungsrate verfügen. In den letzten zehn Jahren wurde die etwa einhunderttausendköpfige Bevölkerung durch knapp fünftausend Neu-Arkadier verstärkt. Davon sind etwa eintausendfünfhundert eingewandert, während es in diesem Zeitraum nur siebenundfünfzig Auswanderer gab, von denen die wenigsten auf Arkadia geboren wurden. Carl ist sichtlich stolz darauf, dass vor allem die Kinder kaum daran interessiert sind, Arkadia zu verlassen und sich in das enge Korsett anderer menschlicher Gesellschaften auf der Erde oder einem Kolonialplaneten wie New Terra zu zwängen.

Carl führt Thela in ein Untersuchungszimmer und bittet mich, draußen im Säulengang zu warten. Ich nutze diese Gelegenheit, mir noch einmal alles durch den Kopf gehen zu lassen. Ich muss zugeben, dass mich all diese Informationen eher misstrauisch gestimmt haben. Ich kann mir einfach nicht vorstellen, dass es den Arkadiern wirklich gelungen ist, eine perfekte Gesellschaft aufzubauen. Nicht dass ich es ihnen nicht gönnen würde, wenn sie sich hier rundum zufrieden fühlen. Aber meine schon berufsmäßig bedingte Skepsis lässt mir einfach keine andere Wahl, als jetzt erst recht die Augen offenzuhalten. Irgendwo muss sich doch ein Wurm im Eierkuchen verbergen …

Als Thelas Untersuchung abgeschlossen ist, steckt Carl den Kopf durch die Tür und bittet mich herein.

»Muss ich mich jetzt ebenfalls sezieren lassen?«, frage ich.

»Natürlich nicht«, erwidert Carl freundlich, »aber ich dachte, du würdest vielleicht gern eine Koryphäe der arkadischen Medizin kennenlernen.«

Ich betrete ein ordentlich eingerichtetes Büro, in dem Thela mit einer jungen Frau plaudert, die hinter einem nierenförmigen Schreibtisch sitzt.

»Wenn ich vorstellen darf«, sagt Carl, »Adrian Ginjeet, unser Besucher von der Erde. Und das ist Doktor Shelley Marock, genannt Rocky.«

»Angenehm«, sage ich.

»Nehmt doch Platz!«, fordert Rocky uns auf. »Die Untersuchung verlief rundum zufriedenstellend. Thela ist kerngesund und wird die Umwandlung zur Arkadierin problemlos verkraften.«

»Kann es dabei zu Problemen kommen?«, hake ich nach, während ich mich auf einem Stuhl vor ihrem Schreibtisch niederlasse.

»Höchstens zu geringfügigen«, wehrt Rocky mit einer lässigen Handbewegung ab. Sie ist eine ausgesprochen hübsche Frau mit einem geradezu klassisch proportionierten Busen, wie ich anerkennend feststellen muss. »Manchmal müssen wir ein paar Gene entkoppeln, bevor wir mit der eigentlichen Behandlung beginnen können. Sonst kann es zu einer anhidrotischen Pseudodysplasie kommen. Schließlich wollen wir vermeiden, dass unserer hübschen Patientin nicht nur die Haare, sondern auch die Zähne ausfallen.«

»Oh Gott!«, ruft Thela entsetzt und schlägt sich die Hand vor den Mund.

»Keine Angst«, beschwichtigt Rocky sie lächelnd. »Wie ich schon sagte, bei dir sind nicht die geringsten Nebenwirkungen zu befürchten.«

»Stimmt es«, fragt Carl, während er sich nachdenklich über die Glatze streicht, »dass es auf der Erde immer noch Männer gibt, die keine Kosten und Mühen scheuen, um etwas *gegen* ihren natürlichen Haarausfall zu unternehmen?«

»Ja, so etwas soll vorkommen«, antworte ich.

Carl und Rocky lachen sich schlapp.

»Wie ist dein erster Eindruck von Arkadia?«, möchte Rocky von mir wissen, nachdem sie sich wieder gefangen hat.

»Nach allem, was ich bisher gesehen habe, scheint es ein ganz nettes Plätzchen zu sein«, sage ich. »Wenn auch sehr gewöhnungsbedürftig.«

»Aus medizinischer Sicht würde ich dir anraten, dich zumindest oberflächlich anzupassen. Es wird dir guttun, deine irdische Hülle abzustreifen, und sei es nur für die Dauer deines Aufenthalts.«

»Es ist schon so schwer genug für mich, den Kulturschock zu verkraften.«

»Ich stehe dir jederzeit zur Verfügung, falls du es dir anders überlegst«, sagt sie und fügt mit einem anzüglichen Grinsen hinzu: »In nur sieben Tagen könnte ich dich zum Arkadier machen.«

Ich bin mir nicht ganz sicher, wo ich einen ähnlichen Spruch schon einmal gehört habe …

»Danke für das Angebot«, entgegne ich freundlich, »aber meinem Chef wird es überhaupt nicht gefallen, wenn ich mich auf seine Kosten aus dem Staub mache.«

»Wenn du wirklich hierbleiben möchtest«, wirft Carl ein, »würden wir dir über alle finanziellen Probleme hinweghelfen, bis du auf Arkadia Fuß gefasst hast.«

»Ich könnte nie wieder als Reporter arbeiten, wenn ich eurem Verein beitreten würde!«, protestiere ich.

»Unsere Agentur *Arkadia News* würde einen erfahrenen Journalisten wie dich bestimmt mit Kusshand für die Öffentlichkeitsarbeit übernehmen«, sagt Carl.

Ich werfe ihm einen skeptischen Blick zu. »Ich kann mir gut vorstellen, dass ihr jemanden gebrauchen könntet, der euer Image für den Rest des Universums aufpoliert. Ihr wärt bestimmt nicht so großzügig, wenn ich beispielsweise Modedesigner wäre.«

»Dann könntest du immer noch für unsere Theatergruppe arbeiten«, erwidert Rocky.

Diese Arkadier lassen sich offenbar durch nichts aus der Fassung bringen.

»Ich glaube kaum, dass du dich anschließend auf die faule Haut legen würdest, aber selbst dann hättest du keine Repressalien zu befürchten«, erklärt Carl. »Niemand wird gezwungen, für seinen Lebensunterhalt zu arbeiten, aber knapp neunzig Prozent der erwachsenen Arkadier erzielen eine Produktivitätsrate, die zumindest für die Deckung der Grundbedürfnisse ausreicht.«

»Habt ihr Karl Marx posthum zum Ehrenbürger von Arkadia ernannt?«

»Karl Marx hatte einen Bart!«, erwidert Rocky mit gespielter Abscheu. »Außerdem konnte seine Theorie nicht funktionieren, weil er die Natur der menschlichen Sexualität völlig verkannt hat.«

»Aber es muss doch zumindest ein paar Verbrecher, Perverse und Schmarotzer auf Arkadia geben! Habt ihr sie irgendwo eingesperrt oder zur Erde zurückgeschickt?«

»Selbst dort werden solche Methoden nicht mehr angewandt«, sagt Carl. »Und auf Arkadia schöpfen wir alle psychiatrischen und gentechnischen Möglichkeiten aus, um Verhaltensstörungen zu behandeln. Frag Rocky! Es war keine Übertreibung, als ich sie vorhin als Koryphäe auf diesem Gebiet bezeichnet habe.«

»Ach, du sollst mir doch nicht schmeicheln, Carl!«, erwidert Rocky mit geradezu tuntenhafter Geziertheit.

»Sogar ich muss zugeben, dass du rundum gelungen bist«, sagt Carl. »Du bist und bleibst das beste Beispiel für dein Können.«

»Die Geschmäcker sind verschieden, wie es scheint«, sagt Thela mit säuerlicher Miene. »Ich würde trotzdem einen richtigen Mann vorziehen.«

Rocky neigt den Kopf und wirft hinter ihrem Schreibtisch einen Blick nach unten. »Vorhin hast du gesagt, du könntest möglicherweise Gefallen an ihm finden«, sagt sie mit enttäuschtem Unterton in der Stimme.

»Damit habe ich nur *ihn* gemeint«, erwidert Thela.

»Ich glaube, ich kann euch beiden nicht mehr folgen«, sage ich.

»Meint ihr, ich sollte jetzt mein kleines Geheimnis lüften?«, fragt Rocky und sieht abwechselnd Thela und Carl an.

»Nur zu«, wird sie von Carl ermuntert.

»So etwas hast du bestimmt noch nicht gesehen, Adrian«, bemerkt Thela mit einem zwiespältigen Lächeln.

»Also gut«, sagt Rocky, stemmt mit theatralischer Übertreibung die Hände auf die Tischplatte und erhebt sich. Gemessenen Schrittes kommt sie um den Schreibtisch herum und baut sich mit unübersehbarem Stolz vor mir auf.

Jetzt sehe ich, worauf sie und Thela vorhin angespielt haben – was hinter dem Schreibtisch meinen Blicken bislang verborgen geblieben ist. Zwischen den Beinen verfügt ... sie? ... über eine unzweideutig männliche Ausstattung.

Sie – der Einfachheit halber bleibe ich mal bei diesem Pronomen – genießt meine Verblüffung und wippt gleichzeitig mit den Brüsten und dem Schwanz.

»Faszinierend«, sage ich.

»Das ist noch längst nicht alles!«, verkündet Rocky dann und spreizt ein wenig die Beine. »Schau ganz genau hin!«, fordert sie mich auf.

Rocky greift sich zwischen die glatten Schenkel und zieht den Sack nach oben. Sie muss diesen Auftritt genau geplant haben, denn sie hat keineswegs zu viel versprochen. Unter den Eiern kommen unzweifelhaft weibliche Organe zum Vorschein.

»Alles ist uneingeschränkt funktionstüchtig«, versichert sie mir und spreizt die Scheidenlippen weit auseinander, um mir ihre Vagina zu zeigen. »Der Penis ist im Prinzip nur eine Hypertrophie, eine monströse Vergrößerung der Klitoris, während ich für das Skrotum einen Teil der großen Labien umgewandelt habe.«

»Eine vielseitig verwendbare Ausrüstung«, bemerke ich und blicke auf. »Wenn ich dich richtig verstanden habe, bist du als Mädchen auf die Welt gekommen.«

»Ja«, sagt Rocky und hockt sich auf die Schreibtischkante. »Eine solche Umwandlung – oder eine derartige *Vervollkommnung*, wie ich sie nennen möchte – ist bei Frauen wesentlich einfacher, da sie biologisch viel weiter als Männer entwickelt sind. Man muss nur einige genetische Anlagen aktivieren, die ohnehin vorhanden sind. Die männlichen Sexualgene dagegen haben sich so stark zurückgebildet, dass sie erst einmal rekonstruiert werden müssen, bevor der eigentliche Wachstumsprozess beginnen kann.«

»Und?«, frage ich nach. »Sind das theoretische Überlegungen, oder ist es dir bereits gelungen, einem Mann auf diese Weise zur Vollkommenheit zu verhelfen?«

»Daran arbeite ich noch«, sagt Rocky grinsend. »Falls du interessiert bist – ich suche verzweifelt nach Versuchskaninchen!«

»Danke für das freundliche Angebot«, erwidere ich mit säuerlicher Miene. »Aber ich glaube nicht, dass ich mich damit anfreunden könnte.«

»Ich wollte dir auch nur einen kleinen Eindruck verschaffen, was wir alles bewerkstelligen können«, sagt Rocky. »Falls du dich wegen irgendwelcher körperlichen Makel schämen solltest – ich weiß ja nicht, was du unter deiner Kleidung versteckst –, könntest du dich auch damit vertrauensvoll an mich wenden.«

Ich werde den Teufel tun und dieser Schwuchtel mein kostbarstes Stück in die Hände legen! Nicht dass ich etwas zu verbergen hätte, wie Sie jetzt vielleicht glauben. Nein, in dieser Hinsicht bin ich wirklich rundum zufrieden.

»Keine Sorge«, sage ich. »Mit mir ist alles in Ordnung. Thela wird es dir sicherlich gern bestätigen.«

»Dein Arsch könnte etwas knackiger sein, aber ansonsten kann ich mich nicht beklagen«, sagt sie grinsend.

»Heißt das, ihr beiden habt … miteinander gevögelt?«, schlussfolgert Rocky messerscharf.

»Frank weiß Bescheid«, wirft Thela ein. »Er hat nichts dagegen.«

»Du bist viel zu schade, um dich nur an einen einzigen Partner zu verschwenden«, sagt Rocky lächelnd. »Außerdem sollen diese Weltraumflüge ja ziemlich langweilig sein.«

»Dafür sind die Betten im Raumschiff leider nicht sehr bequem«, erwidert Thela. »Ich habe mir einmal den Fuß verstaucht, und Adrian hatte nach einer besonders heftigen Nummer drei Tage lang Rückenschmerzen.«

»Thela!«, versuche ich, ihren Mitteilungsdrang zu zügeln.

»Und wie schneiden die Arkadierinnen im Vergleich mit den *überall behaarten* Erdenfrauen ab?«, möchte Rocky von mir wissen. Es klingt, als würde ihr diese Vorstellung einen gruseligen Schauer über den Rücken jagen.

»Abgesehen von Thela, die ja noch keine ›richtige‹ Arkadierin ist, hatte ich noch nicht das Vergnügen, mir diesbezüglich ein Urteil zu bilden«, erwidere ich gelassen.

»Wenn du möchtest, werde ich heute Abend bei dir vorbeischneien«, schlägt sie vor. »Ich verspreche dir, dass es eine unvergessliche Nacht wird.«

»Das glaube ich dir gern«, sage ich. »Aber die Experimente meiner wilden Jugendzeit haben mich zu der Erkenntnis geführt, dass es mit Frauen doch irgendwie netter ist.«

»Ich *bin* eine Frau!«, ruft Rocky entrüstet. »Und noch viel mehr!«

»Genau das ist der Punkt, der mich stören würde«, entgegne ich.

»Apropos stören ...«, sagt Thela mit nachdenklicher Miene. »Entschuldige meine Neugier, aber müssten dir nicht deine Eier im Weg sein, wenn du dich ... wie soll ich sagen? ... in der Missionarsstellung bumsen lässt? Ich kann mir nicht vorstellen, dass es Spaß macht, wenn man dabei diese Dinger zwischen den Beinen hat. Zumal die Hoden ja äußerst schmerzempfindlich sind.«

»Auch dieses Problem konnte ich auf geradezu elegante Weise lösen«, sagt Rocky und steigt vom Schreibtisch, um es ihr anschaulich zu demonstrieren. »Schau mal, wenn ich meinen Finger in die Möse schiebe, sorgt die sexuelle Erregung dafür, dass sich der Hodensack zusammenzieht, wodurch die empfindlichen Stücke aus der Gefahrenzone gebracht werden. Aber im Prinzip hast du recht, in dieser Stellung sollte mich ein männlicher Liebhaber nicht allzu stürmisch nehmen.«

Können Sie vielleicht ein wenig nachfühlen, dass mir diese ... *dieses Geschöpf* immer unsympathischer wird? Auch Thelas Begeisterung für Rockys Lieblingsspielzeug scheint sich in Grenzen zu halten.

»Trotzdem verstehe ich dich nicht«, sagt Thela kopfschüttelnd. »Wozu das Ganze? Mir reicht es völlig aus, wenn ich einen ganz normalen Orgasmus habe.«

»Weil du noch nie gleichzeitig mit einem Mann *und* einer Frau Sex hattest«, erklärt Rocky verzückt. »Weil du dir nicht vorstellen kannst, wie es ist, *zwei Orgasmen gleichzeitig* zu haben!«

»Angeber!«, ruft Carl lachend.

»Und Angeberin!«, setzt Thela hinzu.

»Kannst du dir vorstellen, dass es im Leben außer Sex noch ein paar andere Dinge gibt, die Spaß machen können?«, frage ich angewidert.

»Natürlich ist Sex nicht alles«, antwortet Rocky. »Aber was ist verkehrt daran, möglichst viel Vergnügen daran zu haben?«

»Ich finde deine Fixierung etwas … monströs«, sage ich vorsichtig.

Rocky zuckt nur mit einer Schulter. »Ich gebe zu, dass ich in gewisser Weise ein Monstrum bin«, sagt sie. »Aber das Leben sucht ständig nach neuen Möglichkeiten. Ohne Veränderungen gäbe es keine Entwicklung, hätte es nie eine Evolution gegeben. Ich bin ein Experiment. Ich habe nur das in mir vereint, was bislang auf zwei Hälften der Menschheit verteilt war. Ich weiß nicht, ob es eine Perspektive für die menschliche Zukunft ist, aber mir gefällt es, wie ich bin! Und wir können noch viel mehr tun. Auf der Erde hat man mit der Gentechnik bereits große Fortschritte in der Bekämpfung von Krankheiten erzielt, die jahrhundertelang als unheilbar galten – die man nicht einmal als Krankheiten erkannt hat, sondern für menschliches Schicksal hielt. Wir stehen zwar noch ganz am Anfang, aber wir haben damit begonnen, die menschliche Evolution selbst in die Hand zu nehmen. Wir machen uns von den Launen der Natur unabhängig. Wir sind nicht mehr auf zufällige Mutationen angewiesen, die sich erst im Laufe vieler Generationen auswirken. Endlich haben wir die Möglichkeit, über uns selbst hinauszuwachsen!«

3

Das muss ich erst einmal verdauen. Allerdings habe ich das Gefühl, dass mir dieser Brocken noch lange Zeit schwer im Magen liegen wird. Jedenfalls fühle ich mich erst etwas besser, nachdem ich mich für eine Weile in mein Apartment zurückgezogen habe.

Als ich gerade den Rest meiner Sachen ausgepackt und in den Schränken verstaut habe, ruft July über das Multifunktionsterminal an. Da ich noch keine konkreten Pläne für den Abend habe, wie man sich denken kann, verabreden wir uns in der Terrassenbar, einem beliebten Treffpunkt der Arkadier, den July mir bereits während unseres Spaziergangs gezeigt hat. Bevor ich mich auf den Weg mache, werfe ich mich in Schale, in einen leichten, ultralässigen Freizeitanzug von Belew, auf der Erde wirklich der letzte modische Schrei. Was das Outfit der übrigen Barbesucher betrifft, erübrigt sich wohl jeder Kommentar. Ich fühle mich im wahrsten Sinne des Wortes und in jeder Hinsicht *overdressed*.

»Hallo, Adrian!«, ruft July, die von ihrem Tisch in einer Ecke aufsteht und mir ein Stück entgegenkommt. »Falls du Angst hast, dich zu erkälten – so etwas kann dir auf Arkadia nicht passieren«, bemerkt sie mit einem anzüglichen Grinsen. Diesmal kann sie jedoch ihr Temperament beherrschen und legt mir zur Begrüßung lediglich die Hände an die Wangen.

»Im Gegenteil, die Isothermfasern dieses Anzugs sorgen ständig für eine optimale Hauttemperatur«, kontere ich. »Anscheinend hat sich diese segensreiche Erfindung noch nicht bis in diesen Winkel der Galaxis herumgesprochen.«

»Wir sind eben sehr konservativ in unserer Einstellung zur Mode.«

»Es nervt allmählich!«, erwidere ich ungehalten. »Warum müsst ihr ständig auf diesem Thema herumreiten? Es ist ganz allein meine Sache, wie ich herumlaufe!«

»Merkst du nicht, dass du überall Aufsehen erregst?«, fragt July zurück. »Wir sind es gewohnt, mit dem ganzen Körper zu kommunizieren. Für dich wäre es wahrscheinlich so, als würde dein Gesprächspartner eine Gesichtsmaske mit Augenschlitzen tragen – oder als würde ich dir den Rücken zukehren, während ich mit dir rede.«

Ich kann mir im letzten Augenblick eine böse Erwiderung verkneifen und rufe mir ins Gedächtnis, dass ich diese Reise unternommen habe, um die Bewohner dieses seltsamen Planeten näher kennenzulernen.

»Okay, ich habe verstanden«, sage ich beschwichtigend, »Aber du kannst nicht von mir erwarten, dass ich mich von euch einfach so zum Nudismus bekehren lasse. Ich möchte irgendwann wieder in die Zivilisation zurückkehren.«

»Gut, lassen wir das Thema fürs Erste ruhen«, lenkt July ein und führt mich zu ihrem Tisch, wo sie mich einem jungen Mann vorstellt.

»Das ist Fawn«, sagt sie, »einer meiner zahlreichen Neffen. Er hat noch nie einen richtigen Erdling aus der Nähe gesehen.«

Fawn lächelt mich freundlich an und streckt mir unbeholfen eine Hand entgegen.

»Hallo!«, begrüße ich ihn und schüttele ihm die Hand. Irgendwie habe ich den Eindruck, dass July ihm vor unserer Begegnung eingetrichtert hat, allzu intensiven körperlichen Kontakt zu mir zu vermeiden. Braver Junge!

»Ich habe alle deine Artikel gelesen«, sagt Fawn. »Sie sind … äußerst aufschlussreich.«

»Wie darf ich das verstehen?«, frage ich neugierig.

Fawn runzelt die augenbrauenlose Stirn unter der kahlen Schädeldecke und kratzt sich gedankenverloren am haarlosen Sack, vor dem sein kurzer, aber recht dicker Schwanz baumelt. Als vorwiegend heterosexueller Mann komme ich nur selten dazu, mir Gedanken über die Sexualorgane meiner Geschlechtsgenossen zu machen, aber wie mir in diesem Augenblick bewusst wird, entwickelt man auf Arkadia sehr schnell einen Blick für die individuellen Unterschiede in Größe und Form.

»Nun«, beginnt er, »die Art, wie du schreibst, lässt eine Menge Rückschlüsse auf die verklemmte Sexualität der Erdmenschen zu.«

Plötzlich ist mir der junge Mann gar nicht mehr so sympathisch.

»Fawn studiert Soziologie an der Universität von Arkadia«, erklärt July, während wir Platz nehmen. »Er kann dir einige unserer fremdartigen Sitten vielleicht etwas besser erklären als ich.«

»Erwarte nicht zu viel von mir«, sagt Fawn. »Ich bin erst im zweiten Semester.«

»Genau deswegen habe ich dich mitgebracht«, sagt July und legt ihm einen Arm um die Schulter. »Du bist noch jung und unverdorben. Adrian will bestimmt keine akademischen Vorträge hören, sondern Erfahrungen aus erster Hand sammeln.«

»Vorhin hast du mir gesagt, ich soll die Finger von ihm lassen!«, erwidert Fawn mit einem verschmitzten Grinsen.

Ich habe das Gefühl, dass mir dieser Kerl immer unsympathischer wird.

Als die beiden sich lachend in die Arme fallen und Fawn seiner Tante liebevoll die Brust streichelt, beginne ich zu ahnen, dass die Arkadier noch einige Überraschungen für mich auf Lager haben. Ich beschließe, dass sich ein Adrian Ginjeet nicht von solchen Dingen erschüttern lassen sollte.

Dann kommen unsere Getränke. July tätschelt ungeniert den Po des Kellners, während er uns den Mooslikör serviert. Dabei handelt es sich um eine der wenigen arkadischen Spezialitäten auf der hiesigen Speise- und Getränkekarte. Ich bin mir gar nicht sicher, ob wirklich Alkohol drin ist, aber das Zeug schmeckt richtig gut.

Im folgenden Gespräch erfahre ich, dass Fawn siebzehn Jahre alt und der Sohn von June ist. Insgesamt beläuft sich die Schar von Julys ausschließlich weiblichen Geschwistern auf ein glattes Dutzend. Die älteste der Damen wird January gerufen, und die jüngste hört auf den Namen December.

Die Mutter der Schar ist übrigens die mittlerweile sechzigjährige Adventia Frypp, die kurz nach der Ankunft der ersten Siedler auf dem Planeten geboren wurde und sich rühmen darf, die älteste waschechte Arkadierin zu sein. Der Legende nach kam ihr erstes Töchterlein eher zufällig im Januar zur Welt, worauf die damals noch blutjunge Adventia den verwegenen Plan fasste, ihre weiteren Sprösslinge in den Folgemonaten der nächsten Jahre zu gebären. Ganz hat es nicht geklappt, da April und May versehentlich Ende März beziehungsweise Anfang Juni entbunden wurden, doch bei den folgenden Kindern konnte die Ordnung wiederhergestellt werden. Trotz dieser bemerkenswert konsequenten Familienplanung scheint Adventia nie einen Sinn für feste Beziehungen entwickelt zu haben, da sie sich für jeden Zeugungsprozess einen neuen Spender erwählte.

Julys Vater dagegen hat es nicht lange auf Arkadia ausgehalten und ist kurz nach seiner Liaison mit Adventia zur Erde zurückgekehrt. July ist ihm nie persönlich begegnet und hat bisher nur ein paar Botschaften über Stringfunk mit ihm ausgetauscht, womit sie jedoch nicht die geringsten Probleme zu haben scheint. Die Arkadier finden ihren Rückhalt nicht so sehr in traditionellen, stabilen Familienbeziehungen, sondern in der Gemeinschaft, die wiederum eine einzige große Familie ist, da fast alle Arkadier irgendwie miteinander verwandt, versippt oder verschwägert sind, wie es scheint.

July selbst ist Mitte dreißig und arbeitet als Planetografin an der Universität. Sie hält alle wichtigen Daten über Arkadia auf dem aktuellsten Stand und springt nebenbei als Reiseführerin ein, wenn sich tatsächlich einmal ein Besucher nach Arkadia verirrt.

»Und diese ... wie hieß sie noch gleich? ... Greedy? Gehört sie auch zu deiner Verwandtschaft?«, frage ich.

»Nein, Greedy ist ein Unikum, in jeder Hinsicht«, erwidert July kopfschüttelnd. »Sie scheint dir zu gefallen, wie?«

Ich zucke lässig mit den Schultern. »Sie macht einen ganz netten Eindruck. Ich habe mir eigentlich nie Gedanken darüber gemacht, ob ich Frauen mit einer bestimmten Haarfarbe vorziehe, aber Haare sollten sie schon haben.«

»Mit Haaren stelle ich es mir widerlich vor«, sagt Fawn. »Insbesondere beim Sex.«

»Greedy hätte da bestimmt keine Bedenken«, entgegnet July.

»Greedy!«, ruft Fawn mit einer wegwerfenden Handbewegung. »Greedy vögelt doch alles, was ihr zwischen die Beine kommt!«

Die beiden liegen praktisch am Boden vor Lachen.

»Diese Dame scheint ja einen interessanten Ruf zu haben«, versuche ich meine erwachte Neugier vorsichtig zum Ausdruck zu bringen.

»Ist dir eigentlich klar, was es bedeutet, wenn die Arkadier jemanden ›gierig‹ nennen?«, fragt July, nachdem ihr Lachanfall vorbei ist.

»Darüber habe ich noch gar nicht nachgedacht …«, sage ich.

»Weil selbst die Arkadier über ihre ausgeprägte Libido staunen«, erklärt July. »Angeblich hat sie bereits die Beine breitgemacht, bevor sie richtig damit laufen konnte.«

Fawn nickt und schmunzelt leise vor sich hin. »Man sagt, dass sie schon als Säugling lieber an den Pimmeln ihrer Spielkameraden als am eigenen Daumen gelutscht hat.«

»Du musst es ja wissen!«, sagt July lachend.

Nach diesen Anekdoten, deren Wahrheitsgehalt ich stark anzweifle, erfahre ich, dass weder Greedys Eltern noch ihr genaues Alter bekannt sind. Man vermutet, dass sie etwa sechs Monate alt war, als sie vor knapp neunzehn Jahren von einem alten Arkadier namens Suma als schreiender Säugling mitten in der Wildnis entdeckt wurde. Der alte Einsiedler hat das Kind aufgezogen und ist offenbar vor einigen Jahren gestorben, wie ich den Erzählungen der beiden entnehme.

»Greedy ist ein Wunderkind mit zahlreichen Talenten«, sagt July. »Sie hat viel vom alten Suma gelernt. Zurzeit studiert sie Handelswirtschaft und Raumfahrttechnik. Ich fürchte, wenn sie damit fertig ist, wird sie es nicht mehr lange auf Arkadia aushalten.«

»Das kann ich mir denken«, sage ich, »nachdem sie inzwischen sämtliche männlichen Bewohner von Arkadia verschlissen haben dürfte.«

»Nicht nur die Männer …«, erwidert July grinsend.

»Hallo, wie geht's?«, werden wir von einer jungen Frauenstimme unterbrochen. Ein schlankes, fast mageres, hellhäutiges Wesen drängt sich zwischen July und Fawn, um beide fest an sich zu drücken. »Ich bin wieder da!«

»Hallo, Sylphe!«, sagt July. »Ich dachte, du kommst erst morgen zurück.«

»Wir konnten das Projekt schneller als geplant abschließen. Du wirst staunen, wie viele neue Daten wir gesammelt haben …«

»Nicht jetzt, mein Kind! Wir haben einen Gast«, sagt July und deutet auf mich. »Das ist Adrian Ginjeet, ein Reporter von der Erde.«

»Das sieht man«, sagt Sylphe und kommt um den Tisch herum. »Ich habe auf dem Rückflug in den Nachrichten von dir gehört.«

Bevor July eingreifen kann, hat mir das junge Ding die überraschend kräftigen Arme um den Hals geschlungen und drückt meinen Kopf an ihren kleinen, festen Busen, als wäre es das Natürlichste des Universums.

Sylphes Körper scheint fast nur aus Knochen und Sehnen zu bestehen und ist über und über mit Sommersprossen bedeckt. Ich kann bestätigen, dass kein Quadratzentimeter ihrer Haut frei davon ist. Hätte sie Haare gehabt, wären sie mit Sicherheit flammend rot gewesen.

»Huch, das kitzelt!«, ruft sie kichernd und weicht ein wenig zurück, um neugierig mit einem Finger über meinen Schnurrbart zu streichen.

Habe ich schon erwähnt, dass ich der stolze Besitzer eines gepflegten Oberlippenbärtchens bin?

»Sylphe«, kommt mir endlich July zu Hilfe, »der gute Adrian ist mit unseren Gepflogenheiten noch nicht allzu vertraut.«

»Oh, Entschuldigung!«, ruft sie und zieht sich schnell zurück, als hätte sie sich plötzlich an mir verbrannt. »Ich habe überhaupt nicht daran gedacht, dass ...«, fügt sie bedauernd hinzu.

»Schon gut«, erwidere ich mit einem gequälten Lächeln. »Ich habe es überlebt.«

»Ich habe im Augenblick ganz andere Sachen im Kopf«, sagt sie zerstreut, während sie um den Tisch herumgeht und sich auf Fawns Schoß setzt.

»Sylphe ist Biologin und war auf einer Expedition, die die andere Seite des Planeten erkunden sollte«, erklärt July. Dann lächelt sie das Pärchen liebevoll an. »Sie ist Fawns ältere Schwester.«

»Es tut gut, dich wieder zu spüren«, sagt sie zu ihm, während sie sich innig umarmen.

Ein reizendes Bild! Ist es nicht schön, wenn Bruder und Schwester sich so gut verstehen?

»Falls es dich interessiert, könnte ich dir morgen im Institut unsere Forschungsergebnisse zeigen«, schlägt Sylphe mir vor.

»Das Angebot nehme ich gern an«, erwidere ich freundlich.

»Du musst in deinem Bericht unbedingt die ungewöhnliche Biologie von Arkadia erwähnen«, sagt Sylphe. »Dieser Planet ist wirklich einzigartig im bekannten Universum.«

»Das ist mir nicht entgangen«, erwidere ich mit einer gewissen Irritation, weil Sylphe soeben ihre Hand an Fawns Schwanz gelegt hat, der daraufhin sichtlich eine längere und schlankere Gestalt annimmt.

Sylphe kichert leise, als Fawns Finger an ihren Brustwarzen herumspielen. »Dabei fällt mir etwas ein …«, sagte sie zu ihm. »Wir haben ein paar sehr interessante neue Säulenpilzarten entdeckt …«

»Und?«, fragt Fawn grinsend. »Konntet ihr irgendwelche praktischen Anwendungsmöglichkeiten ermitteln?«

»Nur solange sie jung und stramm sind … so wie du …«

Die beiden lachen sich fast tot.

Ich habe während meiner Laufbahn ja schon einiges erlebt, aber trotzdem bleibt mir die Spucke weg, als Sylphe sich nun mit gespreizten Beinen auf Fawns Schoß setzt und ein wenig den Hintern anhebt, damit er seinen Schwanz in ihre Möse bugsieren kann.

Freundlicherweise hat sie mit dem Rücken zu Fawn Platz genommen, sodass sie sich weiterhin mit mir unterhalten kann, ohne sich den Hals verrenken zu müssen.

»Das hat mir gefehlt!«, sagt sie mit einer Selbstverständlichkeit, als hätte sie sich nach einem anstrengenden Tag gerade einen guten Cognac genehmigt.

»Apropos«, sage ich, »einen guten Cognac könnte ich jetzt vertragen, falls es hier so etwas gibt.«

July wirft mir einen äußerst skeptischen Blick zu. »Wenn du ein schwaches Herz oder ähnliche Probleme hast, solltest du schnellstmöglich den Rückflug antreten«, rät sie mir.

Verstehen Sie mich bitte nicht falsch, ich bin eigentlich gar nicht so prüde, wie Sie jetzt vielleicht denken. Ich habe mich sowohl im beruflichen als auch im privaten Bereich schon mehrfach zu kleineren Perversionen hinreißen lassen, aber sie fanden jedes Mal hinter verschlossenen Türen und zugezogenen Vorhängen statt. Ich finde, dass es auf diese Weise viel mehr Spaß macht. Und ich finde, dass es gewisse Grenzen gibt.

»Ach du meine Güte!«, sagt Sylphe kopfschüttelnd und hört damit auf, ihr Becken in Fawns Schoß kreisen zu lassen. »Sollen wir uns jetzt jeden Spaß verkneifen, bloß weil so ein verklemmter Trottel von der Erde in der Nähe ist?«

»Natürlich nicht«, erwidert July. »Er wird sich schon daran gewöhnen.«

»Gewöhnen?«, keuche ich entsetzt. »Ich kann es zur Not verkraften, wenn jemand in meiner Gegenwart seinen Trieben freien Lauf lässt. Aber wenn ich das vorhin richtig verstanden habe, betreibt ihr hier etwas, das man gemeinhin als Inzest bezeichnet!«

Sylphe verdreht die Augen. »Das ist doch im Zeitalter der Gentechnik nun wirklich kein Problem mehr! In welchem Jahrhundert lebst du eigentlich?« Sie schüttelt den Kopf und steigt wieder von Fawn herab.

»Bisher bin ich davon ausgegangen, dass es gewisse allgemeingültige ...«, versuche ich etwas hilflos, meine Entrüstung zu rechtfertigen.

»Hör mal zu, du altterranisches Fossil!«, sagt Sylphe, die sich vor mir aufgebaut hat und ihre Worte mit lebhaften Bewegungen der schlaksigen Arme und kleinen Brüste unterstreicht. »Ich verstehe mich sehr gut mit meinem Bruder, und ich lasse nicht zu, dass mir irgendein aufgeblasener Erdling in mein Sexualleben hineinredet. Wir haben uns zwei Wochen lang nicht gesehen, und dann muss ich mich doch wohl nicht dafür rechtfertigen, wenn meine Begrüßung etwas überschwänglich ausfällt. Wir haben nur ein wenig gekuschelt und keineswegs die Absicht verfolgt, Nachkommen zu zeugen!«

»Interessant!«, meldet sich Fawn aus dem Hintergrund zu Wort. »Ich habe mir fast gedacht, dass er so reagieren würde.«

»Falls es dich beruhigt«, wirft July ein, »kann ich dir versichern, dass die beiden nur Halbgeschwister sind.«

Will sie damit sagen, dass demzufolge alles auch nur halb so schlimm ist?

»Okay, okay!«, versuche ich, die aufgeregte junge Frau zu beruhigen. »Es ist alles in Ordnung, und ich werde mich bemühen, mich von nichts mehr schockieren lassen!«

»So ist es schon besser«, sagt Sylphe und holt sich einen freien Stuhl, um sich zu uns an den Tisch zu setzen.

Nach dieser Szene überlege ich, ob ich mich lieber zurückziehen sollte, weil ich den beiden anscheinend gründlich die Laune verdorben habe. Es kommt mir reichlich gezwungen vor, als die Gesprächsrunde anschließend zu belangloseren Themen wechselt, zu denen ich nur gelegentlich etwas beisteuere. Doch als Erwin, der Kellner, uns eine neue Runde Mooslikör bringt, kann July es sich nicht verkneifen, wieder recht ungeniert mit ihm zu flirten. Und schon bald geben auch Sylphe und Fawn ihre Zurückhaltung auf und können einfach nicht mehr die Finger voneinander lassen. Schließlich stehen sie auf und verabschieden sich von uns, wobei Sylphe mir einen provozierend trotzigen Blick zuwirft, als sie mit Fawn an der Hand die Terrassenbar verlässt. Erst jetzt bemerke ich, dass sich auch die anderen Tische zusehends leeren. Überall stehen Pärchen auf, um, wie mir scheint, mit eindeutigen Absichten ihre Apartments aufzusuchen. Auf einmal sind July und ich fast die einzigen noch anwesenden Gäste, worauf ich mich schleunigst in die Sicherheit meiner mir zugeteilten vier Wände flüchte, bevor sie auf dumme Gedanken kommen kann.

Nachdem ich mich ein- und Arkadia ausgesperrt habe, komme ich erst durch eine intensive Entspannungsübung allmählich zur Ruhe. Ich versuche, einige Eindrücke zu notieren, gebe es jedoch nach mehreren Fehlschlägen wieder auf. Ich mache mir ernsthafte Sorgen um meine geistige Gesundheit. Was soll ich tun? Dieser Planet droht mich in den Wahnsinn zu treiben!

Dann kommt mir der aberwitzige Gedanke, dass ich mich vielleicht einfach mal darauf einlassen könnte. Zumindest ein wenig. Den inneren Widerstand aufgeben, um dem Lebensgefühl dieser Menschen näherzukommen. Schließlich habe ich die weite Reise aus genau diesem Grund unternommen und nicht, um den Arkadiern Sitte und Anstand beizubringen.

Ich beschließe, schon mal ein wenig zu üben. Ich ziehe meine Kleidung aus und spaziere im Apartment umher. Ich nehme auf den weichen Polstern der vertieften, u-förmigen Sitzmulde Platz, die das gemütliche Zentrum der Wohnung bildet. Ich strecke mich auf dem flauschigen Teppich aus und gehe zum großen Spiegel, um mich von allen Seiten zu betrachten. Nach einer Weile bereite ich mir in der Küche eine kleine Fertigmahlzeit zu. Ich hocke mich im Schneidersitz vor den Esstisch und esse. Dann gehe ich ins Badezimmer, nehme eine Dusche und ziehe mich danach nicht wieder an.

Nach einer Weile kommt es mir fast normal vor, mich unbehemdet und unbehost durch die Gegend zu bewegen. Es ist nur etwas ungewohnt, dass dabei ständig mein Freudenspender im Freien baumelt.

Nicht dass man mich jetzt falsch versteht! Normalerweise bin ich keineswegs ein Kind von Traurigkeit. Ich bin immer für einen guten Fick zu haben. Aber genau hier liegt das Problem. Ein nackter Körper ist für mich nichts Alltägliches, sondern eine recht deutliche Aufforderung zum Tanz. Greedys Gegenwart und Sylphes Vorstellung in der Terrassenbar haben mich ganz schön heißgemacht. Ich habe bewusst darauf verzichtet, anlässlich der Ereignisse des Tages die jeweiligen Reaktionen meines Schwanzes zu schildern, weil es irgendwann langweilig geworden wäre. Er hat sozusagen Kniebeugen gemacht, rauf und runter, straff und schlaff, heiß und kalt, ganz nach Gefühlslage.

Und wenn ich mir vorstelle, meine Streckübungen hätten sich an der freien Luft und für alle Welt sichtbar abgespielt – nein danke!

Trotzdem habe ich schon wieder einen Ständer, während ich über diese Situationen nachdenke. Ich gehe noch einmal ins Bad, um etwas Dampf abzulassen. Dabei stelle ich mir vor, dass ich eine beliebige Arkadierin überfalle, ihr einen Leinensack über den Kopf ziehe und sie fessle, um sie dann in mein Apartment zu schleifen und sie von hinten zu nehmen … Ich weiß, das klingt nicht sehr nett, aber die Sexualfantasien sind frei.

Danach geht es mir etwas besser. Ich setze mich nackt im Schneidersitz vor den Spiegel und schaffe es tatsächlich, meinem Computer ein paar Absätze zu diktieren.

Schließlich lege ich mich aufs Bett und höre noch etwas entspannende Musik. Und irgendwann schlafe ich tatsächlich ein.

4

Als July am nächsten Morgen vorbeikommt, um mich abzuholen, bin ich bereits angezogen. Hoppla! Hatte ich mir gestern Abend nicht vorgenommen, meine irdische Verklemmtheit über Bord zu werfen? Nur keine Hektik! Man sollte nicht überstürzt mit lieb gewonnenen Gewohnheiten brechen. Und wenn ich wieder den Verstand zu verlieren drohe, kann ich mir immer noch die Kleider vom Leib reißen. Falls es wirklich so weit kommen sollte.

»Wie geht's dir?«, frage ich July, während ich all meinen Mut zusammennehme, sie behutsam umarme und ihr einen Kuss auf die Wange drücke.

Danach bin ich richtig stolz auf mich. Außerdem ist es wirklich ganz angenehm, jemanden auf diese Weise zu begrüßen. Irgendwie ist mir July sehr sympathisch. Das hat überhaupt nichts mit Geilheit zu tun, ganz im Gegenteil! Vielleicht mag ich sie nur deshalb, weil ich bei ihr das Gefühl habe, dass sie nicht die ganze Zeit an Sex denkt.

»Mir geht's blendend«, antwortet July mit einem strahlenden Lächeln. »Ich war heute Nacht bei Erwin. Wir haben uns prächtig amüsiert.«

»Oh!«, sage ich. Zu meiner Verblüffung stelle ich fest, dass mir July immer noch sympathisch ist. »Das freut mich.«

»Ich dachte ja, wir zwei hätten es uns noch ein wenig gemütlich machen können, aber dann warst du plötzlich verschwunden.«

»Ich ... war schon ziemlich müde«, versuche ich mich dezent herauszureden, während ich mir entsetzt ausmale, wie ich unter Julys Fleischmassen langsam zu Tode gequetscht werde ... Gleichzeitig frage ich mich besorgt, ob Erwin den gestrigen Abend ohne ernsthafte Verletzungen überstanden hat.

»Genauso habe ich dich eingeschätzt«, bemerkt July grinsend. »Kleine Mädels vernaschen, aber vor richtigen Frauen den Schwanz einziehen!« Sie blickt mich einen Moment lang skeptisch an. »Ich wette, du warst gestern Abend nicht zu müde, um dir noch einen runterzuholen!«

Als ich sie sprachlos anstarre, lacht sie lauthals auf. »Komm jetzt!«, sagt sie schließlich. »Ich verspreche dir auch, dass ich dir nichts gegen deinen Willen antun werde.«

»Das ist ... sehr rücksichtsvoll«, erwidere ich. Wir verlassen mein Apartment, und July führt mich durch die Arkaden der Stadt.

»Ich hätte ja nicht gedacht, dass man ausgerechnet einen so verklemmten Typen wie dich schickt, um eine Reportage über Arkadia zu schreiben!«, bemerkt July irgendwann.

»Erstens bin ich nicht verklemmt«, stelle ich richtig, »sondern nur der Meinung, dass mein privates Sexualleben niemanden außer mir etwas angeht – oder sagen wir, außer mir und meiner betreffenden Partnerin. Und zweitens bin ich nicht zu meinem Vergnügen hier, sondern um mich ein wenig bei euch umzusehen und dann wieder nach Hause zu fliegen. Ich muss nicht zum Arkadier werden, um meine Reportage abliefern zu können – im Gegenteil, dazu brauche ich sogar eine gewisse Distanz. Ich bin bereit, eure Lebensart zu respektieren, aber als Gegenleistung müsst ihr mich in Ruhe lassen.«

»Das funktioniert nicht, Adrian, weil es keinen unbeteiligten Beobachter gibt«, entgegnet July. »Du müsstest dich schon unsichtbar machen, um zu vermeiden, dass andere Menschen auf dich reagieren.«

»Normalerweise habe ich nichts dagegen, wenn jemand auf mich reagiert. Ich habe auch nichts gegen einen netten kleinen Flirt. Aber ich kann mich einfach nicht mit der Vorstellung anfreunden, mein bestes Stück in der Öffentlichkeit spazieren zu tragen.«

»Hast du etwa Angst davor, eine Frau könnte dich ablehnen, weil ihr dein Schwanz nicht gefällt?«, fragt July kopfschüttelnd. »Selbst wenn das geschehen sollte, würden sich beide Seiten einfach nur eine große Enttäuschung ersparen.«

»Versuch einfach nur, ein klein wenig Rücksicht auf meine Gefühle zu nehmen«, bitte ich sie.

»Du scheinst überhaupt nicht zu ahnen, wie sehr ich mich bereits zusammenreißen muss!«

Ich seufze. Ich wusste doch, dass ich mich nie auf diesen Auftrag hätte einlassen dürfen. Zum Teufel mit Bob Bruford!

Eine Weile herrscht Waffenstillstand zwischen July und mir, während wir durch den Apartmentkomplex schlendern. Inzwischen kommt mir der Anblick der nackten Männer, Frauen und Kinder in allen Hautfarben, die ihren verschiedenen Beschäftigungen nachgehen, schon etwas selbstverständlicher vor.

»Wir müssen den Luftbus zur Universität nehmen«, sagt July schließlich. »Greedy ist mit ihrem Gleiter unterwegs, um die Pakete auszuliefern, die gestern mit der Fähre angekommen sind.«

»Kein Problem.«

»Ich soll dir einen Gruß von ihr bestellen.«

»Danke. Schön, dass sie nebenbei auch eine nützliche Funktion in der Gesellschaft von Arkadia ausübt.«

July sieht mich mit einem leichten Grinsen an. »Sie fliegt zu den abgelegenen Siedlungen und Häusern auf Arkadia und dürfte die Gelegenheit nutzen, einige alte Bekanntschaften aufzufrischen.«

»Darauf hätte ich auch von selbst kommen können.«

Schließlich haben wir die Luftbus-Haltestelle erreicht, an der bereits einige junge Menschen warten.

»Greedy sagte, dass sie gegen Abend zurück sein dürfte. Du würdest dich doch bestimmt gern ausführlicher mit ihr unterhalten, oder?«

»Da bin ich mir nicht so sicher«, erwidere ich skeptisch. »Wenn ich schon mit den ›normalen‹ Arkadiern Schwierigkeiten habe …«

Dann kommt der Luftbus. Wir steigen ein und setzen uns zwischen die Studenten, die sich unterhalten oder an ihren Coms arbeiten. Soweit ich erkennen kann, widmet sich niemand irgendwelchen sexuellen Aktivitäten. Das beruhigt mich ein wenig.

Als wir uns der Universität nähern, sehe ich, dass die Anlage aus einem Ring von zwölf Gebäuden besteht, die sich nur geringfügig in der Architektur unterscheiden. Dazwischen verteilen sich Gärten, ein See und mehrere freie Plätze, auf denen sich die Studenten in mehr oder weniger großen Gruppen zusammengefunden haben.

Wir landen vor dem ersten Gebäude, wo etwa die Hälfte der Passagiere aussteigt und ein paar Einzelgänger einsteigen. Erst nachdem der Luftbus zur gegenüberliegenden Seite des Gebäuderings weitergeflogen ist, verlassen July und ich das Gefährt.

»Ich wollte dir zuerst unser Institut für Planetografie zeigen«, sagt sie nicht ganz ohne Stolz.

Wir gehen zum zweiten Gebäude links. Dort durchqueren wir eine lichtdurchflutete große Halle, in der sich Computerarbeitsplätze, unfertig wirkende Apparaturen und Diskussionsrunden tummeln. Es sieht den Arkadiern ähnlich, dass sie sich auch zum Arbeiten und Studieren nicht in kleine Einzelzimmer zurückziehen mögen. Doch die Halle verfügt über eine ausgeklügelte Schalldämpfung, sodass es trotz der vielen Menschen angenehm leise ist.

Durch einen Torbogen gelangen wir auf eine sonnige Terrasse, wo wir Sylphe wiedertreffen, die angeregt mit einigen Kollegen vor einer Holoprojektion des Planeten Arkadia diskutiert.

»Hallo, July! Einen wunderschönen guten Morgen, Adrian!«, begrüßt sie uns. »Wir sind gleich fertig.«

Sie wendet sich wieder ihren Kollegen zu und fährt mit ihren Erklärungen fort. Obwohl die magere und sommersprossige Sylphe neben den übrigen Anwesenden wie ein unbedarftes junges Mädchen wirkt, führt sie die Diskussion mit einem verblüffenden professionellen Selbstbewusstsein. Mein Allgemeinbildungsniveau reicht gerade aus, um zu verstehen, dass es um irgendwelche Zusammenhänge zwischen der Geologie und Ökologie Arkadias zu gehen scheint.

Dann machen die Akademiker eine Pause und ziehen auf die Wiese vor der Terrasse um, wo sie in einem lockeren Kreis Platz nehmen. Ich muss zugeben, dass die Szene etwas Idyllisches hat. Junge und alte Menschen sitzen und liegen entspannt im Farngras, es ist warm, die Sonne scheint, und aus der Ferne schallt leise das Lachen der fröhlichen Studenten herüber. So habe ich mir das Leben auf Arkadia immer vorgestellt.

Sylphe macht mich mit ihren Kollegen bekannt, und dann erzähle ich ein wenig über die gute alte Erde und meine berufliche Laufbahn. Die Leute sind mir auf Anhieb sympathisch, weil es beim Small Talk keine einzige Anspielung auf meine Kleidung oder meine angebliche Verklemmtheit gibt. Aber ich ahne bereits, dass man sich bei Arkadiern niemals auf den ersten Eindruck verlassen sollte.

Als ich mir die Jacke ausziehe, weil ich in der Sonne doch ein wenig ins Schwitzen geraten bin, starren mich alle Anwesenden für einen Moment gespannt an. Aber ich bleibe hart und lasse die Hosen nicht runter.

»Du machst einen äußerst verwirrenden Eindruck auf mich«, sagt Australia, eine ältere Professorin für Soziologie. Sylphes Bruder Fawn, der sich ebenfalls zu uns gesetzt hat, ist einer ihrer Studenten. »Einerseits isolierst du dich durch deine Kleidung, sodass du genauso unerotisch wie zum Beispiel diese Rasenfläche wirkst. Andererseits weckst du damit meine maßlose Neugier auf das, was du vor mir verbirgst.«

Ich grinse. »Das hat doch auch seinen Reiz, oder?«

»In gewisser Weise schon«, erwidert Australia, »aber es irritiert ungemein. Ich muss mich in deiner Gegenwart zusammenreißen, um nicht ständig an Sex zu denken. Du machst mich richtig geil, wie man sich in meiner Jugendzeit auf der Erde auszudrücken pflegte.«

Ich bin einen Augenblick lang sprachlos. »Kannst du dir vorstellen«, frage ich schließlich, »wie es mir geht, wenn ich ständig von Menschen umgeben bin, die so schamlos sind, dass sie nicht einmal über *Schambehaarung* verfügen?«

»Ich bin auf der Erde aufgewachsen«, sagt Australia, »aber seit ich auf Arkadia lebe, kann ich mich endlich meiner Arbeit widmen, weil ich nicht ständig von unterdrückten Lustgefühlen abgelenkt werde.«

»In meinen Ohren klingt das einfach widersinnig.«

»Das liegt nur daran, weil dir die Unterdrückungsmechanismen in Fleisch und Blut übergegangen sind«, sagt Claude. Er ist Professor für Mathematik, vielleicht Ende fünfzig, und hat einen durchtrainierten Körper mit sehnigen Muskeln. »Für uns ist Sex etwas völlig Selbstverständliches geworden, genauso wie Atmen, Essen, Trinken und Ausscheiden. Wir tun es einfach, und damit hat es sich. Du bist dir wahrscheinlich gar nicht bewusst, wie viel psychische Energie du ständig aufwenden musst, um deinen Sexualtrieb zu unterdrücken.«

»Ich kann mir einfach nicht vorstellen«, entgegne ich, »dass es ohne Probleme abgehen würde, wenn ich wahllos jede Frau bespringen würde, die mir gefällt.«

»Das tut auch niemand auf Arkadia«, erwidert Australia. »Ich bumse nur mit Männern oder Frauen, wenn ich erkenne, dass wir uns gegenseitig sympathisch sind. Wenn der Funke nicht überspringt, würde es mir überhaupt keinen Spaß machen.«

»Und woran erkennst du das?«, will ich wissen.

Australia lacht schallend. »Wenn du nur auf Frauen stehst, musst du natürlich schon etwas genauer hinschauen!«

Darüber kann sogar ich lachen.

»Aber wenn sie Haare zwischen den Beinen haben«, überlegt Fawn, »kann man es vielleicht gar nicht so genau erkennen.

Jetzt bin ich der Einzige, der über diese Bemerkung lacht. Und ich lache immer noch, als mir klar wird, dass Fawn diese Bemerkung völlig ernst gemeint haben dürfte.

»Ich kann mir gut vorstellen, dass Adrian bisher nur im Dunkeln gebumst hat!«, wirft Claude ein.

Und jetzt bin ich der Einzige, der nicht lacht. Aber ich reiße mich zusammen, um den Arkadiern nicht durch eine entrüstete Erwiderung den Spaß zu verderben.

»Glaub mir, ohne Kleidung können Menschen viel besser miteinander kommunizieren«, sagt Claude, nachdem sich die Heiterkeit gelegt hat. »Du scheinst überhaupt keine Ahnung zu haben, was sich alles mit dem Körper ausdrücken lässt.«

»Kannst du dir vorstellen«, fragt July und legt mir eine Hand auf den Unterarm, »wie du dich anfühlst, wenn ich dich berühre? – Wie ein Stück Metall!«

»Das kann ich bestätigen«, sagt Sylphe und unterstreicht diesen Punkt mit einem ernsten Nicken.

Allmählich begreife ich, wie ich auf diese Leute wirken muss. Es ist erschütternd, wenn man auf einmal das Gefühl bekommt, selber der Freak zu sein. Und das unter Leuten, die einer außerirdischen Spezies anzugehören scheinen – was in gewisser Weise sogar der Fall ist.

»Das mag ja durchaus sein«, ringe ich mich zu einem öffentlichen Eingeständnis durch, »aber vielleicht versteht ihr auch, dass ich nicht einfach so aus meiner Haut fahren kann.«

»Du bist keineswegs der Erste, dem es so geht, Adrian«, sagt Australia. »Viele Arkadier wurden genauso wie ich auf der Erde geboren. Auch wir hatten einmal Haare und haben dann unsere irdischen Hüllen abgestreift. Es kann ein schwerer, aber auch ein sehr befreiender Prozess sein, nicht wahr, Claude?«

Claude erwidert Australias Blick mit gerunzelter Stirn. »Ich dachte, wir hätten dieses Thema inzwischen zu den Akten gelegt.«

»Erzähl es ihm ruhig!«, fordert Australia ihn auf. »Du bist das beste Beispiel dafür, dass man auf Arkadia zu einem ganz anderen Menschen werden kann.

»Nun ...«, beginnt Claude zögernd. »Auf der Erde hatte ich Probleme, weil ich ... weil es mir an Respekt vor gewissen Altersgrenzen mangelte, wie man es ausdrücken könnte. Sobald ein Mädchen Haare zwischen den Beinen hatte, wurde es für mich uninteressant.«

»Und jetzt kannst du deinen Neigungen frönen, ohne dich an Kindern vergreifen zu müssen«, sage ich, während ich verstohlen einen Blick auf Sylphes Unterleib werfe. Dabei wird mir zum ersten Mal richtig bewusst, dass die Vorstellung, Sex mit einer Arkadierin zu haben, für mich tatsächlich etwas von Unzucht mit Minderjährigen hätte.

»Du kannst dir nicht vorstellen, wie belastend es sein kann, ständig mit einem schlechten Gewissen leben zu müssen. Jetzt kann ich mich endlich ganz auf meine Arbeit konzentrieren.«

»Und auf die jungen Studienanfängerinnen«, setzt Australia mit einem spöttischen, aber keineswegs bösen Grinsen hinzu.

»Meine Studentinnen sind ausnahmslos volljährig!«, erwidert Claude mit einer Spur von Entrüstung. »Ich habe sie nie zu etwas gezwungen oder überredet, was sie nicht wollten!«

»Aber wenn sie zu erwachsen wurden, wolltest du nichts mehr von ihnen wissen«, sagt Australia.

»Du bist doch nur frustriert, weil sich bei mir nichts gerührt hat, als du mich damals ins Bett zerren wolltest!«, dreht Claude den Spieß um.

»Und du bist vermutlich sogar stolz darauf!«

»Natürlich!«, erwidert Claude, worauf sich die Runde vor Lachen am Boden kringelt.

»Darf ich dir die Hand schütteln, Claude?«, sage ich und strecke ihm meinen Arm hin. »Ich stelle fest, dass du der erste richtige Mensch bist, dem ich bisher auf Arkadia begegnet bin.«

»Du dürftest mich sogar umarmen«, sagt Claude, »aber nur, wenn du vorher diesen bescheuerten Anzug ablegst!«

»Warum könnt ihr mich nicht einfach so akzeptieren, wie ich bin?«, frage ich kopfschüttelnd in die Runde. »Ihr habt sogar einen Pädophilen in eure Gemeinschaft aufgenommen! Ich bin ein ganz normaler Mensch, aber ich sehe nicht ein, warum ich die Hosen runterlassen soll, um es euch zu beweisen. Es ist ganz allein *mein* Ding! Buchstäblich! Es geht euch nichts an!«

»Es spielt überhaupt keine Rolle, ob du uns deine Geschlechtsteile zeigst oder nicht, Adrian«, sagt Australia. »Es ist viel wichtiger, dass du dein viel zu enges *Seelenkostüm* abstreifst, wie man früher so treffend sagte.«

»Warum wollt ihr unbedingt, dass ich so werde wie ihr?«, frage ich. »Wo bleibt meine Persönlichkeit, wenn ihr mich nach eurem Vorbild umprogrammiert habt?«

»Diesen vernarbten und verkrüppelten Zwerg bezeichnest du als deine Persönlichkeit?«, wirft July verächtlich ein. »Du tust mir wirklich leid!«

»Deine seltsamen Verhaltensweisen sind nur die Folge von Zwängen und Verletzungen, die niemals richtig verheilt sind«, haut Claude in dieselbe Kerbe. »Glaub mir, ich weiß, wovon ich rede.«

»Wenn dir eine dicke, hässliche Warze auf der Nase wächst, würdest du sie ohne Bedenken wegoperieren lassen«, sagt Australia. »Warum lässt du dasselbe nicht mit deiner Psyche zu?«

»Weil du die Furunkel deiner Seele für Ausprägungen einer charaktervollen Persönlichkeit hältst«, erklärt Claude.

»Halt! Es reicht jetzt!«, protestiere ich. »Es ist unfair, wenn ihr alle gleichzeitig auf mich einprügelt! Ich komme mir vor wie ein unschuldiges, zahmes Hauskätzchen, das man plötzlich in einen Zwinger voll Wildkatzen gesteckt hat. Ihr könnt nicht von mir erwarten, dass ich innerhalb weniger Tage meine Erziehung vergesse und mich nicht mehr nach meinem gemütlichen Plätzchen auf dem Sofa zurücksehne. Vielleicht gefällt mir das Leben als Haustier viel besser.«

»Er hat recht«, kommt mir Australia unerwartet zu Hilfe. »Wir dürfen ihn nicht überfordern. Schließlich kann er nicht von heute auf morgen zu einem anderen Menschen werden.«

Es ist zwar sehr nett von Australia, dass sie ein gewisses Verständnis für meine Situation aufbringt, aber irgendwie gibt sie mir dennoch das Gefühl, ein kleines Kind zu sein, von dem man nicht zu viel erwarten darf, das aber trotz allem behutsam auf den richtigen Weg geführt werden muss. Diese Arkadier können einem mit ihrer Rechthaberei ganz schön auf die Nerven gehen.

»Stimmt«, sagt Claude. »Auch ich habe eine Weile gebraucht, bis ich mich meinen Problemen stellen konnte. Wir sollten ihm etwas Zeit lassen.«

Sehen Sie? Genau das meine ich!

»Apropos Zeit«, sagt Australia. »Sollte deine Vorlesung nicht schon vor fünf Minuten beginnen?«

»Danke, dass du mich daran erinnerst«, sagt Claude und springt auf, worauf die Runde seinem Beispiel folgt und sich auflöst.

»Es mag sein, dass wir vorhin etwas zu weit gegangen sind«, sagt Australia entschuldigend. »Aber bei Gelegenheit solltest du ruhig einmal darüber nachdenken.«

»Bei Gelegenheit«, verspreche ich ihr.

5

Ich bin überhaupt nicht böse, dass July sich gern die kartografischen Daten ansehen möchte, die die Expedition mitgebracht hat, und ich wehre auch die Angebote einiger anderer ab, ihren Job als Reiseführer zu übernehmen. Die Leute akzeptieren meinen Wunsch, mich eine Weile allein umzuschauen, und lassen mich tatsächlich in Ruhe. Und ein wenig Ruhe kann ich im Augenblick sehr gut gebrauchen.

Nachdem ich mich noch ein wenig in der Universität umgesehen habe, ohne neue Erkenntnisse zu gewinnen, beschließe ich, allein mit dem Luftbus zu meinem Apartment zurückzukehren. Es dauert eine Weile, bis ich bemerke, dass ich eine Linie genommen habe, die einen weiten Bogen über verschiedene Ansiedlungen in der Umgebung macht. Aber es kann nicht schaden, wenn ich mir zur Abwechslung ein wenig die Landschaft anschaue, was ich ohnehin irgendwann tun wollte. Außerdem hat Arkadia von oben betrachtet einen äußerst beruhigenden Einfluss auf meine aufgewühlte Seele. Eigentlich hatte ich mir vorgenommen, mit dem Luftbus zur Universität zurückzufliegen und von dort aus die richtige Linie zu nehmen, aber dann steige ich an einer Haltestelle aus, die als »Point of Arkadia« angekündigt wird und aus der Luft einen ganz netten Eindruck macht.

Auf einer flachen Hügelkuppe steht eine große Satellitenschüssel mit einem kleinen Gebäude daneben. Offenbar ist das die Anlage, mit der die Arkadier den Kontakt zum Rest des bekannten Universums aufrechterhalten. Auf einer Tafel in der Nähe der Haltestelle lese ich, dass vor nunmehr einundsiebzig Jahren genau an dieser Stelle der erste Mensch seinen Fuß auf die grünen Wiesen Arkadias gesetzt hat. Dabei handelte es sich um die Kommandantin des Erkundungsraumschiffs *Discipline*, eine Dame namens Antonia Levi, nach der man übrigens den einzigen Mond des Gasriesen Amazonika benannt hat, des größten Planeten im Aura-System.

Ich erinnere mich dunkel, dass ich bereits im Zuge meiner vorbereitenden Recherchen von all diesen Dingen gelesen habe, aber der Eindruck ist wesentlich nachhaltiger, wenn man seine Bildung durch persönliche Anschauung vertiefen kann.

Nachdem der Luftbus weitergeflogen ist, atme ich zunächst einmal tief durch, weil ich an diesem beschaulichen Ort völlig allein bin. Kein Arkadier, der auf mich einredet oder mir die Klamotten vom Leib reißen will. Doch dann läuft mir ein eiskalter Schauer über den Rücken, weil ich wirklich völlig allein bin. Keine Menschenseele weit und breit. Die Satellitenanlage arbeitet vollautomatisch und lautlos. Auch ansonsten herrscht Totenstille. Kein Vogel zwitschert, kein Insekt summt. Dazu die absolute Windstille, die sich üblicherweise um die Mittagszeit in diesen Breiten einstellt.

Ich muss mir mindestens fünf Minuten lang immer wieder einreden, dass meine instinktive Angst völlig unbegründet ist, bis ich zum lichten Wäldchen hinunterspaziere, das den Hügel mit der Schüssel umgibt. Zwischen den kugelrunden oder kaktusartig verzweigten Moosbäumen, den palmenähnlichen Gewächsen und den undefinierbaren fleischigen grünen Stängeln, die vom Boden aufragen, lauert keine Gefahr. Kein Raubtier, das mich anspringen könnte, keine Schlange im Gras, nicht einmal ein winziger Käfer, den ich zertreten könnte. Solange ich nichts in den Mund stecke, das sich möglicherweise nicht mit meinem menschlichen Organismus verträgt, müsste ich hier völlig sicher sein.

Trotzdem ist es ein ungewohntes Gefühl, so ganz allein durch die Wildnis zu irren. Dann erreiche ich den kleinen See, den ich bereits aus der Luft erspäht hatte. Meine Vermutung bestätigt sich. Es ist wirklich ein sehr idyllisches Plätzchen. Dennoch beruhigt es mich ungemein, dass ich auch von hier aus über den Baumkronen die Satellitenschüssel erkennen kann und problemlos in die Zivilisation zurückfinden werde.

Ich setze mich auf die Farngraswiese am Ufer des Sees und betrachte die verschiedenen Bäume und kleineren Gewächse, die dieser Planet hervorgebracht hat. Ich bin froh, dass niemand in der Nähe ist, um mir Vorträge über Physiologie oder die Besonderheiten der Pflanzenwelt zu halten. Dann runzle ich die Stirn, weil ich das Gefühl habe, dass irgendetwas Entscheidendes fehlt. Ich grüble eine Weile, bis ich erkenne, was ich vermisse.

Die Pflanzen sind grün, darin unterscheiden sie sich nicht von den Pflanzen der Erde. Sattgrün, hellgrün, dunkelgrün, stellenweise auch blaugrün, aber nirgendwo die Andeutung einer anderen Farbe. Es gibt hier nicht eine einzige bunte Blume!

Ich bin richtig stolz auf mich, als mir sofort der Grund dafür einleuchtet. Es gibt ja auch keine Bienen oder Schmetterlinge, die von diesen keuschen Pflänzchen zur Bestäubung verführt werden könnten. Ich schnippe vorsichtig mit dem Finger gegen das antennenförmige Gebilde, das sich aus einer breitblättrigen Rosette erhebt. Zufrieden beobachte ich, wie das Ding eine kleine Staubwolke absondert, die in der Windstille leise zu Boden rieselt. Kein Insekt taucht hier seinen Rüssel in einen tiefen Kelch, um süßen Nektar zu schlürfen und das Wunder des Lebens zu erneuern. Allein der Wind bestäubt die zarten Ähren und Rispen.

Irgendwie finde ich es ganz sympathisch, dass sich die arkadische Vegetation so bescheiden präsentiert und nicht mit bunten, weit gespreizten Sexualorganen protzt.

Ich kremple mir die Hosenbeine hoch und wate ein wenig im seichten Wasser am Ufer herum. Es ist ein angenehmes Gefühl, weil der See genau die richtige Temperatur hat. In der Umgebung der Wohnanlage habe ich überall Leute gesehen, die sich im Fluss oder einem der Seen erfrischen, bevor sie sich wieder ihren alltäglichen Geschäften widmen, und allmählich verspüre auch ich das kaum noch zu beherrschende Verlangen, mich in die Fluten zu stürzen. Aber …

Dann wird mir mit einem Schlag klar, dass ich wirklich ein verklemmter Trottel bin! Ich stehe hier und überlege ernsthaft, ob ich den Mut aufbringen soll, mich auf Arkadia nackt auszuziehen! Und obendrein ist wirklich kein Schwein in der Nähe!

Wütend reiße ich mir die Kleider vom Leib und springe ins Wasser. Mit kräftigen Schwimmzügen schiebe ich mich voran, ich tobe mich regelrecht aus, bis ich nach Luft schnappe und mich auf dem Rücken treiben lasse.

Allmählich fühle ich mich etwas besser. Außerdem ist es ein herrliches Gefühl, sich vom klaren Wasser umspülen zu lassen. Es ist fast so, als würde ein Teil der dicken Dreckkruste, die sich im Laufe meines Lebens auf der Haut abgelagert hat, abgewaschen werden.

Erschöpft wate ich schließlich ans Ufer und lasse mich ins Farngras fallen. Mich fröstelt ein wenig, aber ich vertraue darauf, dass man sich hier angeblich keine Erkältung einfangen kann. Außerdem dauert es wirklich nicht lange, bis die Sonne meine Haut wieder aufgewärmt und getrocknet hat.

Halten Sie mich ruhig für einen Feigling, aber als ich eine Weile später in den Luftbus steige, bin ich wieder tadellos gekleidet. Auffallen würde ich sowieso, ob nun wegen der Klamotten oder meiner Haarpracht auf dem Schädel.

Ich lasse mich zur Wohnanlage zurückfliegen, wo ich ein wenig umherspaziere, bis ich ein gemütliches Restaurant gefunden habe. Ich setze mich allein an einen Tisch und bestelle etwas zu essen. Während ich warte, bemerke ich, dass die Leute mir gelegentlich neugierige Blicke zuwerfen, mich aber nicht weiter belästigen.

Zwei Tische weiter sitzt eine junge Mutter, die während der Mahlzeit einen kleinen Jungen an der Brust stillt. Ich versuche, ihr freundliches Lächeln möglichst unbefangen zu erwidern, und beschließe, mich nicht durch das lustvolle Schmatzen des Kleinen irritieren zu lassen. Immerhin macht er keine Anstalten, mir auf die Nerven zu gehen. Was man von seiner mutmaßlichen Schwester nicht behaupten kann.

Die Kleine ist höchstens sechs Jahre alt und offensichtlich ein recht unternehmungslustiges Kind. Zuerst bestaunt sie mich mit großen Augen aus der Ferne, dann klettert sie von ihrem Stuhl und kommt zu mir herüber.

Ich werfe der Mutter einen Hilfe suchenden Blick zu, damit sie das aufdringliche Gör zurückpfeift, doch sie lächelt mich nur an und scheint nicht den geringsten Sinn für den Ernst meiner Lage zu haben.

Meine schlimmsten Befürchtungen werden bestätigt, als das Mädchen ohne jede Hemmung den Stoff meiner Hose befingert. Ich unterdrücke meinen Drang, mich zu wehren oder die Flucht zu ergreifen, um bei diesem unschuldigen Kind keinen möglicherweise irreparablen Schock auszulösen. Außerdem bin ich im Laufe meiner Karriere schon mit wesentlich unangenehmeren

Situationen fertig geworden. Ich werde mich auf keinen Fall von einem kleinen Mädchen einschüchtern lassen!

»Ich bin von der Erde«, versuche ich ihre Neugier behutsam zu befriedigen. »Dort trägt jeder Kleidung.«

»Ich weiß«, sagt die Kleine. »Das habe ich schon im Holo gesehen. Aber ich habe es noch nie gefühlt.«

Dann starrt sie mich eine Weile mit ihren großen Augen unverwandt an, bis sie plötzlich den Arm hochreißt und mit ihren kleinen Fingern an meinen Haaren zupft.

»Tut das weh?«, fragt sie scheinheilig. Verdammtes Gör!

»Natürlich«, erwidere ich mürrisch, während ich vorsichtig, aber bestimmt ihre aufdringliche Hand abwehre.

Die Kleine streicht sich daraufhin mit nachdenklicher Miene über die glatte Schädeldecke, während sie offenbar nachzuempfinden versucht, wie es sich anfühlen könnte, mit Haaren auf dem Kopf zu leben. Dann packt sie mit beiden Händchen ihre Ohrläppchen und zieht sie lang. »Wenn ich an meinen Ohren ziehe, tut es auch weh!«, stellt das kluge Kind fest.

»Damit könnte man es vergleichen.«

Als sie erneut den Arm hochreißt und mit dem ausgestreckten Zeigefinger auf mein Oberlippenbärtchen zielt, zucke ich leicht zusammen, doch diesmal verzichtet sie auf eine Berührung.

»Sind das deine Schamhaare?«, fragt sie.

»Was ...? Nein ...«, stammele ich, während ich überlege, ob ich über ihre Frage lachen oder ihr dafür eine Ohrfeige verpassen soll. »Das ist ein Schnurrbart«, erkläre ich.

»Aber die Menschen von der Erde haben doch Schamhaare, nicht wahr?«, bohrt sie hartnäckig weiter.

»Das schon«, winde ich mich unbehaglich, »aber nicht im Gesicht.«

»Ich habe noch nie Schamhaare gesehen«, verrät sie mir. »Auch nicht im Holo.«

»Wenn du etwas älter bist, wird deine Mami dir bestimmt erlauben, solche Holos anzuschauen.«

»Und warum willst du es mir nicht zeigen?«, fragt sie mit nachdenklichem Blick auf meine Leistengegend.

Mir wird klar, dass ich vielleicht die einzige Gelegenheit dieses wissbegierigen Kindes bin, in dieser Hinsicht Erfahrungen aus eigener Anschauung zu sammeln. Aber Sie verstehen sicherlich, dass ich trotzdem nur wenig Neigung verspüre, der Kleinen diesen Gefallen zu erweisen.

»Frag deine Mami«, kommt mir die rettende Idee, wie ich diesen kleinen Quälgeist möglichst schnell wieder loswerden könnte. »Sie wird dir bestimmt erklären, warum das nicht geht.«

Und es klappt sogar! Ohne ein weiteres Wort springt die Kleine zu ihrer Mutter zurück, um sie mit Fragen zu löchern. Aus dem Augenwinkel beobachte ich, wie mir die Frau ratlose Blicke zuwirft, während sie angestrengt zu überlegen scheint, was sie ihrer Tochter antworten soll. Es geschieht ihr ganz recht, wenn sie die Aufsichtspflicht über ihre Kinder so gedankenlos vernachlässigt!

Endlich kommt mein bestellter Eintopf, dem ich hungrig meine ganze Aufmerksamkeit widme. Das einzige Außerirdische daran ist ein aromatisches Gewürz, das mir die Kellnerin auf Anfrage als »Kümmelpilz« identifiziert. Ansonsten besteht das rein vegetarische Gericht aus verschiedenen irdischen Gemüsesorten. Nichts Umwerfendes, aber es stellt meinen knurrenden Magen zufrieden.

»Hallo, Adrian!«, werde ich begrüßt, als ich gerade einen Schokoladenpudding zum Nachtisch verspeise. »Du läufst ja immer noch in Klamotten herum!«

Und ich dachte schon, die Arkadier hätten es endlich aufgegeben, mich ständig auf dieses leidige Thema anzusprechen.

Stirnrunzelnd mustere ich die junge Frau, die an meinen Tisch getreten ist.

Sie blickt mich verdutzt an und lacht dann auf. »Sag bloß, du erkennst mich nicht wieder!«, sagt sie und streicht sich über den glatten Schädel.

Endlich klickt es bei mir. »Thela!«, erwidere ich entsetzt. »Was ist denn mit dir passiert?«

»Es ist mir nicht leichtgefallen, mich von meinem schönen Haar zu trennen«, erklärt sie und nimmt unaufgefordert an meinem Tisch Platz. »Aber Frank hat gesagt, dass ich mich daran gewöhnen werde.«

»Dir scheint es ja wirklich ernst zu sein.«

»Ich fühle mich wie neugeboren!«, ruft sie glücklich. »Ich hatte gestern mit Frank den tollsten Orgasmus meines Lebens!«

»Wie schön für dich«, brumme ich. Es mag ja durchaus sein, dass es Männer gibt, die bessere Liebhaber sind als ich. Aber ich kann es auf den Tod nicht ausstehen, wenn man es mir so unverblümt unter die Nase reibt! Trotzdem will ich Thela zugutehalten, dass sie den Kerl offenbar wirklich liebt und ihre Begeisterung nicht unbedingt als Kritik an mir gemeint ist.

»Arkadia ist ein Paradies!«, schwärmt sie. »Meinst du nicht auch?«

Sie sieht mich erwartungsvoll an, bis ihr strahlendes Lächeln nach einer Weile verschwindet. »Offenbar nicht«, erkennt sie völlig richtig.

Ich verzichte auf einen weiteren Kommentar.

»Morgen will Rocky mit der Gentherapie anfangen«, unternimmt sie einen neuen Versuch, mein eisiges Schweigen zu durchbrechen.

»Viel Glück.«

»Okay, dann will ich dich nicht länger stören«, sagt sie und steht auf. »Ich muss mich sowieso beeilen. Es würde bestimmt keinen guten Eindruck machen, wenn ich mich zum ersten Gespräch mit meinem Professor verspäte. Aber Claude soll ein sehr netter Mann sein, habe ich gehört.«

»Ich habe ihn bereits kennengelernt«, erwidere ich. »Du wirst ihm bestimmt gefallen.« Die zierliche Chinesin mit den kleinen Brüsten, der schmalen Taille und den dünnen Beinen dürfte in der Tat ganz nach dem Geschmack des Mathematikprofessors sein, überlege ich mit einer gewissen Skepsis.

»Meinst du?«, fragt sie ahnungslos. »Na, Hauptsache, er ist mit meiner Arbeit zufrieden.«

»Ich bin davon überzeugt, dass es die beste Entscheidung deines Lebens war, nach Arkadia zu gehen.«

»Das glaube ich auch«, sagt sie und setzt wieder ihr strahlendes Lächeln auf. »Bis dann. Und nimm's nicht so ernst!«

Ich blicke ihrem süßen kleinen Hintern nach, während sie das Restaurant verlässt.

»Entschuldigung!«, werde ich aus meinen Tagträumen gerissen. »Wenn ich gewusst hätte, dass dir die Fragen meiner Tochter unangenehm sind, hätte ich Ivy natürlich sofort zurückgerufen.«

Die Mutter des neugierigen Mädchens ist an meinen Tisch gekommen. Im linken Arm trägt sie den gesättigten Säugling, und an der rechten Hand hält sie ihre Tochter.

»Kein Problem«, winke ich großzügig ab. »Ich habe mich nur ein wenig gewundert, dass sie sich in ihrem Alter schon für solche Sachen interessiert.«

»Es ist doch völlig natürlich, dass Ivy wissen will, was ich mache, wenn ich mit meinem Partner schlafe«, entgegnet sie.

»Du … du machst es vor den Augen deiner Kinder?«, frage ich entsetzt.

»Das nicht gerade«, sagt sie mit leichter Verlegenheit. »Aber da ich beim Sex … nun ja … recht laut werde, muss ich meinen Kindern doch erklären, dass sie sich keine Sorgen machen müssen.«

»Wenn Mama schreit, hat sie einen Oralgasmus!«, verkündet die kleine Ivy voll Stolz.

»Einen Orgasmus!«, korrigiert die Frau ihre Tochter. »Oralverkehr ist, wenn …«

»Ich glaube, es reicht jetzt!«, erwidere ich streng. »Als Nächstes wirst du mich noch darum bitten, freundlicherweise die Hosen runterzulassen, damit du es ihr am lebenden Objekt demonstrieren kannst!«

»Ihr Erdenmenschen seid wirklich ein komisches Völkchen«, sagt sie kopfschüttelnd. »Komm, Ivy, ich werde es dir auf dem Heimweg noch einmal genau erklären.«

Während ich ihnen fassungslos nachstarre, wird mir klar, dass ich diesen Planeten wohl nie verstehen werde.

6

Ich ziehe mich in mein Quartier zurück, um ein wenig an meiner Reportage zu arbeiten. Aber Sie können sich vermutlich schon denken, dass dabei nicht viel Brauchbares herauskommt.

Als es an der Tür klingelt, vermute ich, dass July gekommen ist, um mich wieder unter ihre Fittiche zu nehmen. Doch als ich öffne, stockt mir einen Augenblick lang der Atem.

Es ist Greedy.

»Hallo«, sagt sie mit einem entwaffnenden Lächeln. »Einen lieben Gruß von July. Da sie ziemlich beschäftigt ist, soll ich mich heute Abend um dich kümmern. Außerdem meinte sie, dass du sowieso mal mit mir plaudern wolltest.«

Vermutlich halten Sie mich für bescheuert, aber ich überlege ernsthaft, ob ich dieses Angebot nicht lieber ausschlagen soll.

»Darf ich reinkommen?«, fragt sie nach einer Weile.

»Okay«, reiße ich mich zusammen. »Ja, gerne, bitte.« Man will ja nicht unhöflich sein.

Greedy tritt ein, ich schließe die Tür, drehe mich um und wäre beinahe mit ihr zusammengestoßen, weil sie genau hinter mir stehen geblieben ist.

»Hoppla!«, entfährt es mir, während ich unwillkürlich vor ihr zurückweiche. Hauptsächlich vor ihren kecken Brüsten, um ehrlich zu sein.

Greedy hebt unsicher die Hände, als wüsste sie nicht recht, wohin damit. »Gut«, sagt sie dann. »July hat mir noch einmal eingeschärft, dass ich dir nicht gleich um den Hals fallen soll.«

»Sehr rücksichtsvoll«, bedanke ich mich. »Setz dich doch!«

»Danke.« Sie geht zur Sitzmulde, lässt sich in die weichen Polster sinken und macht es sich bequem.

»Möchtest du etwas trinken?«, frage ich.

»Nein, ich bin nicht durstig.«

Ich überlege, ob ich ihr erklären soll, dass man in netter Gesellschaft nicht unbedingt etwas trinkt, um seinen Durst zu löschen, sondern weil ... Aber dann verzichte ich auf eine Bemerkung, um mich nicht schon wieder auf das Glatteis interkultureller Missverständnisse zu begeben.

Ich spüre, wie Greedys Blicke mir folgen, als ich zum Schreibtisch gehe, den Com ausschalte, meinen Drink hole und ihr gegenüber Platz nehme.

»Wie gefällt es dir auf Arkadia?«, fragt sie unvermittelt und schwingt die Beine von der Sitzfläche, um die Füße auf den Boden zu stellen.

Ich muss mich zusammenreißen, aber ich schaffe es, meinen Blick hauptsächlich auf ihr Gesicht zu konzentrieren.

»Es ist ganz nett«, antworte ich. Schließlich will ich sie nicht vor den Kopf stoßen. »Aber ziemlich gewöhnungsbedürftig«, setze ich hinzu. Dann wird mir bewusst, dass ich das so ähnlich schon einmal gesagt habe.

»Das sehe ich«, erwidert sie.

Natürlich spielt sie auf meinen legeren Freizeitanzug an. »Wenn dir mein Outfit nicht gefällt, kannst du ja wieder gehen!«, brumme ich. »Ich beschwere mich ja auch nicht darüber, wie du herumläufst!«

Greedy blickt an sich herab. »Sehe ich so fürchterlich aus?«

»Widerlich und abstoßend!«, sage ich.

Volltreffer! Ich genieße meine kleine Rache und weide mich daran, wie sie verunsichert die Stirn runzelt und in den Polstern zu versinken scheint. Doch mein angeborener Charme verhindert, dass ich diesen Triumph allzu lange auskoste.

»Nein, du hast wirklich eine tolle Figur«, erlöse ich sie von ihren qualvollen Selbstzweifeln. »Aber ich finde Frauen wesentlich interessanter, wenn sie sich in ein gewisses Geheimnis hüllen. Wenigstens ein kleines. So macht das Auspacken viel mehr Spaß.«

»Hmm«, entgegnet Greedy nachdenklich und beugt sich wieder ein wenig vor. »Aber was erwartet mich, wenn ich *dich* ausgepackt habe? Was mache ich, wenn ich eine Enttäuschung erlebe?«

»Nun, ein gewisses Risiko verleiht dem Spiel erst die richtige Spannung.«

Darüber denkt sie eine Weile nach. »Offenbar brauchst du diesen zusätzlichen Kick, weil du gar keine Ahnung hast, wie viel Spaß der eigentliche Sex machen kann.«

»Und du wärst sicher bereit, es mir auf der Stelle zu demonstrieren!«, erwidere ich mit ätzender Verachtung.

»Natürlich!«, sagt sie ohne jedes Zögern. Dann runzelt sie wieder die Stirn, als sie langsam zu begreifen scheint, wie meine Bemerkung gemeint war.

»Können wir vielleicht ausnahmsweise über ein anderes Thema reden?«, sage ich verärgert.

»Was ist los mit dir?«, fragt sie mit Unschuldsmiene. »Wir müssten gar nicht darüber reden, wenn wir es einfach *tun* würden.«

»Sehr witzig! Und was ist, wenn ich es überhaupt nicht tun will?«

Greedy blickt mich eine ganze Weile sprachlos an. Ist das wirklich so schwer zu begreifen? Es scheint so. Wenn man nur das Eine im Kopf hat, dürfte es sich tatsächlich um einen recht ungewöhnlichen Gedanken handeln.

»Ich glaube, jetzt verstehe ich das Problem«, sagt sie schließlich.

»Schön, dass sich deine gedanklichen Aktivitäten allmählich von der Möse ins Gehirn verlagern!«, erwidere ich gehässig.

Sie blinzelt mich verblüfft an. »Faszinierend!«, sagt sie. »Es scheint dir wirklich überhaupt nicht bewusst zu sein!«

Jetzt blicke ich sie verständnislos an. »Wovon zum Teufel redest du?«

»Von dir«, sagt sie. »Von deiner reichlich verwirrenden Körpersprache.«

»Was ist damit?« Ich schaue an mir herab und auf meine Hände, die sich in meine Oberschenkel gekrallt haben. Liegt darin eine tiefere Bedeutung? Vorsichtshalber nehme ich die Hände von dort weg und verschränke sie unverfänglich vor der Brust.

»Ich glaube, ich muss es dir wirklich erklären, weil du es sonst nicht verstehst«, sagt sie ernst. »Seit ich durch diese Tür getreten bin, signalisierst du mir mit deiner Körperhaltung und deinen Gesten, wie geil du auf mich bist. Aber jedes Mal, wenn ich darauf reagiere, ziehst du dich schnell in dein Schneckenhaus zurück. Warum machst du das?«

»Ich mache überhaupt nichts!«, schnaufe ich.

Greedy schüttelt amüsiert den Kopf. »Du bist wirklich verrückt«, sagt sie. »Du glaubst, ich hätte nichts anderes im Kopf, als mit dir zu vögeln, dabei redest du mit Händen und Füßen pausenlos von nichts anderem!«

Ich seufze. »Kannst du es trotzdem akzeptieren, wenn ich dir ausdrücklich *sage*, dass ich im Augenblick aber nicht möchte?«

»Das fällt mir schwer«, antwortet sie. »Außerdem frage ich mich, warum du dich so hartnäckig weigerst, deinem unbändigen Trieb freien Lauf zu lassen. Ich hätte jedenfalls nichts dagegen, Sex mit dir zu haben, falls dir meine eindeutigen Signale entgangen sein sollten.«

»Danke für das entgegenkommende Angebot«, sage ich. »Aber ich bin eher der romantische Typ ... der eine Frau zum Abendessen bei Kerzenschein einlädt und sie dann wortgewandt überredet, noch zu einer Tasse Kaffee in seine Wohnung mitzukommen ... und wenn er ihr dann bei netter Musik die Bluse aufknöpft, ziert sie sich noch ein wenig, bis sie schließlich unter seinen Händen wie Butter in der Sonne dahinschmilzt ...«

»Der kühne Eroberer!«, bemerkt Greedy spöttisch. »Warum hast du so große Angst vor Frauen?«

»Ich? Angst?«, erwidere ich entrüstet. »Wie kommst du auf diese unsinnige Idee?«

Sie antwortet nicht, sondern steht langsam auf. Sie stützt die Hände mit gespreizten Fingern an den Hüften ab und reckt den Oberkörper, bis sich die kakaobraune Haut straff und glänzend über die Brüste spannt.

Ich halte es nicht mehr aus und springe ebenfalls auf. »Was soll diese alberne Vorstellung?«, fauche ich sie an. Dann wende ich mich wutschnaubend ab und tobe einmal quer durch den Raum. »Könnt ihr mich nicht einfach in Ruhe lassen?«, schreie ich. »Versteht ihr nicht, dass ich nichts mit euch zu tun haben will? Es kann euch doch egal sein, wenn ich unbedingt meine verkorkste Existenz weiterführen will!«

»Gut so!«, sagt Greedy zufrieden und folgt mir langsam durch das Zimmer. »Lass es raus!«

»Einen Scheiß werde ich tun!«, tobe ich weiter. »Und behandle mich gefälligst nicht wie einen dummen Patienten! Ich brauche keine Therapie! Ich bin nicht verrückt! Mir geht es gut!«

Greedy hört sich meinen Tobsuchtsanfall seelenruhig an, bis ich stehen bleibe und erst einmal nach Luft schnappen muss. Mit langsamen Schritten kommt sie näher, bis sie direkt vor mir anhält.

»Eine sehr überzeugende Vorstellung!«, sagt sie und reckt Brust und Kinn vor.

Ich weiß nicht, was plötzlich in mich fährt, aber als sie so ruhig dasteht und mich auf diese herausfordernde Weise ansieht, kann ich ihre Aufdringlichkeit nicht mehr ertragen.

Ich stoße sie von mir weg.

Greedy rudert mit den Armen und taumelt zurück. Mit einem kräftigen Schlag prallt sie gegen die Wand und rutscht langsam daran herunter, bis ihr Hintern mit einem dumpfen Geräusch auf dem Fußbodenbelag landet.

Mich durchfährt ein eisiger Schreck, aber dann fällt mir ein Asteroid vom Herzen, als Greedy mit einem leisen Stöhnen ihre Benommenheit abschüttelt.

Ich eile zu ihr und lege ihr vorsichtig eine Hand auf die Schulter. »Scheiße, das wollte ich nicht!«, sage ich. »Tut mir leid. Soll ich einen Arzt rufen?«

Sie blinzelt mich an und betastet mit den Fingern ihren Hinterkopf. Stirnrunzelnd betrachtet sie das Blut an den Fingerkuppen.

»Das geht schon in Ordnung«, erwidert sie mit leicht krächzender Stimme und blickt zu mir auf. »Aber ich hätte nicht gedacht, dass du so heftig reagieren würdest.«

»Wie bitte?«

»Siehst du jetzt ein, dass *du* dringend einen Arzt brauchst?«

Ich überlege noch, was ich darauf antworten soll, während sie sich mit der Geschmeidigkeit einer Katze vom Boden erhebt und zielstrebig ins Badezimmer marschiert, als wäre nichts Besonderes vorgefallen. Fassungslos sehe ich zu, wie sie kurz den Kopf unter die Brause hält, das Blut abspült und sich dann den Schädel abtrocknet.

Ich habe mich mühsam aufgerappelt und folge ihr. »Ich glaube, im Schränkchen ist Wundspray. Soll ich dir helfen?«

»Lenk nicht vom Thema ab«, sagt sie und verlässt das Badezimmer, um sich mit verärgerter Miene vor mir aufzubauen. »Mach dir lieber Sorgen um deinen eigenen Zustand!«

Es fällt mir schwer, diesen nicht ganz unberechtigten Ratschlag zu befolgen, weil ich verblüfft in den Spiegel hinter ihr starre. Ihr Hinterkopf ist wieder makellos glatt wie ein frisch gelegtes Ei.

»Das gibt's doch gar nicht!«, entfährt es mir.

Greedy seufzt und zuckt mit den Schultern. »Ich bin halt ein Wunderkind.«

»Wie hast du das gemacht?«, frage ich und blicke ihr hinterher, als sie zur Sitzgruppe zurückkehrt und es sich wieder im Lotossitz bequem macht.

»Wenn du dich weiter so hilflos anstellst, wirst du das nie begreifen«, sagt sie.

Ich folge ihr schweigend und nehme ebenfalls Platz.

»Dein Problem besteht darin, dass du Angst davor hast, dich so zu zeigen, wie du wirklich bist«, sagt sie. »Nur wenn du alle Facetten deines Wesens auslebst, hast du dich selbst unter Kontrolle.«

»Du hast mir gerade sehr anschaulich demonstriert, was geschieht, wenn ich irgendetwas auslebe«, brumme ich.

»Das war eine Überreaktion. Weil du dich nicht traust, deinen sexuellen Empfindungen zu folgen, hast du sie in einer klassischen Ersatzhandlung als Aggression rausgelassen.«

»Das ist doch primitivste Psychologie!«

»Die für deine primitive Psyche völlig ausreicht.«

»Na und?« Ich springe auf und gehe wieder gehetzt im Zimmer auf und ab. »Das ist meine Sache! Das geht dich nichts an!«

»Du wiederholst dich«, sagt Greedy und steht auf. »Wollen wir das Ganze noch einmal von vorn durchspielen?«

Ich halte schwer atmend inne und beobachte Greedy, wie sie langsam auf mich zukommt.

»Na los!«, versucht sie mich zu provozieren. »Schlag noch einmal zu! Nur keine Hemmungen, diesmal bin ich besser vorbereitet!«

Ich weiche einen Schritt zurück.

Sie rückt mir immer näher auf die Pelle. »Nur zu! Lass es raus, wenn es dir danach besser geht!«

Ich erhebe abwehrend die Arme, um sie auf Distanz zu halten. Diesmal will ich wirklich nicht zuschlagen, doch bevor ich irgendetwas tun kann, hat sie plötzlich meine Arme gepackt und reißt mich herum. Ich weiß gar nicht genau, was passiert, ich merke nur, dass ich den Boden unter den Füßen verliere und sich das Zimmer um mich dreht. Dann landet mein Rücken mit einem schmerzhaften Aufprall auf dem Fußboden.

Ich blicke verwirrt auf und registriere, dass Greedy auf mir hockt, während sie meine Schenkel mit ihren umklammert und meine Arme auf den Teppich drückt. Ich kann mich keinen Zentimeter von der Stelle bewegen.

Sie lächelt spöttisch. »Bist du schon mal vergewaltigt worden?«, fragt sie. »Ich hätte Lust, dich mal richtig durchzuvögeln, bis du um Gnade schreist.«

»Etwas anderes fällt dir wohl nicht mehr ein!«, erwidere ich schnaufend.

»Nach deinem Gewaltausbruch hätte ich eine kleine Revanche verdient«, sagt sie. »Dabei habe ich nicht einmal vor, dir wehzutun. Im Gegenteil!«

»Wie mir scheint, dient dein übriger Körper nur dem einzigen Zweck, deine Möse in Betrieb zu halten!«

»Während du deine gesamte intellektuelle Energie darauf verwendest, deinen kleinen Mann unter Kontrolle zu halten«, erwidert das Biest. Ihr Unterleib schiebt sich vor, dann reibt sie ihr nacktes Geschlecht über den Stoff meiner Hose. Dabei grinst sie triumphierend. »Und wie ich feststelle, ist dein Intellekt nicht einmal dazu imstande!«

Ich stöhne auf – vor Qual, vor Lust, vor Verzweiflung – ich weiß es nicht genau. Greedy hat recht, meine geistigen Aktivitäten haben nur noch sehr wenig mit reiner Vernunft zu tun.

Als sie plötzlich aufhört, öffne ich blinzelnd die Augen. Greedy schüttelt den Kopf. »So macht es mir keinen Spaß«, sagt sie und steigt von mir herunter.

Sie hockt sich im Lotossitz auf den Boden und blickt mich mit undeutbarem Gesichtsausdruck an.

»Nanu!«, sage ich, wuchte meinen Oberkörper hoch und stütze mich mit den Ellbogen auf dem Teppich ab. »Willst du mir damit beweisen, dass du doch kein Sexmonstrum bist?«

Sie atmet einmal tief durch, bevor sie antwortet. »Unter normalen Umständen würde ich mich für das entschuldigen, was ich gerade getan habe«, sagt sie. »Aber in deinem Fall verzichte ich lieber darauf.«

»Bin ich wirklich so ein widerlicher Kerl?«, frage ich nach einer Weile.

»Eigentlich nicht«, sagt sie nachdenklich. »Wie soll ich es erklären? Du hast ein sehr hübsches Gesicht, nur leider verzerrst du es meistens zu einer hässlichen Fratze.«

»Wahrscheinlich habe ich nie gelernt, welche Muskeln ich lockern muss, um mein Gesicht zu entspannen.«

»Völlig richtig.«

Ich weiß nicht, was in ihr vorgeht, als sie mich schweigend betrachtet. Hasst sie mich? Wartet sie lauernd ab, was ich als Nächstes tun werde? Heckt sie eine neue Strategie aus? Oder wird sie gleich aufstehen und weggehen, weil sie mich nun endgültig als hoffnungslosen Fall eingestuft hat?

Nein, sie sitzt einfach nur da und sieht mich an. Ich überlege, ob ich etwas sagen soll, aber mir fällt im Augenblick nichts Geistreiches ein. Und ich habe das Gefühl, dass es ihr völlig gleichgültig ist, ob ich etwas sage oder nicht. Wahrscheinlich ist es sogar besser, wenn ich für eine Weile mal auf irgendwelche blöden Sprüche verzichte.

Dann passiert etwas Seltsames mit mir. Ich brauche eine ganze Weile, bis ich es überhaupt registriere, und dann noch eine ganze Weile, bis ich begreife, was es ist.

Ich fühle mich wohl.

Auch wenn Sie jetzt lachen – Sie glauben gar nicht, wie selten es im Leben eines Menschen vorkommt, dass man sich einfach nur wohlfühlt. Ich weiß, wovon ich rede.

Es ist ein warmes Gefühl im Bauch, das allmählich auf meinen ganzen Körper ausstrahlt. Deshalb dauert es so lange, bis es meinen Kopf erreicht hat und sich auch dort bemerkbar machen kann.

Irgendwann habe ich mich wieder flach auf den Rücken gelegt und die Augen geschlossen. Als ich dann den Kopf zur Seite drehe, sehe ich, dass Greedy immer noch genauso wie vorher dasitzt und mich anschaut.

Ich rapple mich auf und setze mich ihr gegenüber im Schneidersitz hin, damit ich ihren Blick erwidern kann.

Ja, mein seltsamer Zustand hat offenbar irgendetwas mit Greedy zu tun. Ich grüble wieder eine Weile darüber nach, bis ich erkenne, dass ich mich nicht nur einfach so wohlfühle, sondern dass ich mich in Greedys Nähe wohlfühle.

Hat sie etwas mit mir angestellt? Mich hypnotisiert oder irgendwie parapsychologisch beeinflusst? Oder gefallen mir einfach nur ihre ausgesprochen hübschen Brüste? Ich weiß es nicht, und im Augenblick ist es mir auch ziemlich egal.

Obwohl sie völlig ruhig dasitzt, begreife ich allmählich, was die Arkadier mit Körpersprache meinen. Wenn ich Greedy ansehe, verstehe ich, dass sie mich so akzeptiert, wie ich bin – zumindest solange ich nicht versuche, irgendeine Show vor ihr abzuziehen. Und wenn ich mich mal wieder im Ton vergreife, kann sie auch damit leben.

Sie zeigt mir, dass sie bereit ist, auf mich einzugehen. Dieses Bedürfnis kommt mir auf einmal so verblüffend natürlich vor. Greedy ist ein Mensch, und ich bin ein Mensch. Daraus folgt ganz selbstverständlich, dass sie sich für mich interessiert, dass sie mich kennenlernen will. Menschen haben das Bedürfnis, miteinander zu kommunizieren. Menschen können sehen und hören, riechen und schmecken, fühlen und verstehen, und deshalb wollen sie miteinander sprechen, sich ansehen, sich berühren und Sex miteinander haben.

Eigentlich sollte man meinen, dass mir das sowieso klar ist, weil man als Reporter unbedingt ein ausgeprägtes Interesse an anderen Menschen haben sollte. Aber wer ständig skandalösen Sensationen hinterherjagt, will damit vielleicht nur von sich selbst ablenken.

Kommunikation ist keine Einbahnstraße. Wenn ich mehr über Greedy erfahren will, muss ich aus meinem Versteck herauskommen, weil sie mindestens ebenso neugierig auf mich ist wie ich auf sie.

Ich gebe mir einen Ruck und stehe auf. Dann ziehe ich meine Klamotten aus und setze mich wieder hin.

»Ist es jetzt besser?«, frage ich nach einer Weile.

»Es ist zumindest ein Anfang«, sagt sie.

»Müssen wir erst miteinander bumsen, damit du mich akzeptierst?«

»Du denkst zu viel an Sex.«

»Ach!«, erwidere ich mit einem verächtlichen Schnauben. »Das musst ausgerechnet *du* sagen!«

»Ich möchte es noch einmal etwas deutlicher formulieren«, sagt sie. »Du *denkst* zu viel an Sex.«

Ich versuche, nicht an Sex zu denken. Dabei bekomme ich eine Erektion. Mist!

Ich blicke Greedy in die Augen, um zu beobachten, wie sie darauf reagiert.

Sie sitzt immer noch völlig ruhig da.

Ich blicke auf ihre Brüste und zwischen ihre gespreizten Beine und dann wieder in ihre Augen. Ihre Ruhe muss irgendwie ansteckend sein, denn meine Erektion geht zurück.

Ich glaube, ich habe gerade etwas begriffen. Aber ich kann noch nicht genau erklären, was es ist.

Zögernd strecke ich die Hände aus und schaue Greedy fragend an. Ich überlege, ob ich meine Bitte in Worte kleiden soll, doch sie nickt nur und legt ihre Hände in meine.

Es funktioniert! Ich habe gerade meine erste Lektion in Körpersprache gemeistert. Eigentlich ist es gar nicht so schwierig. Es ist sogar eine sehr angenehme Form der Verständigung. Und wenn Greedy nicht auf meine unausgesprochene Bitte reagiert hätte, ob wir uns ganz vorsichtig und unverfänglich an den Händen berühren könnten, wäre das für mich leichter zu verkraften gewesen als ein hartes akustisches »Nein!«

Doch meine soeben gewonnene Selbstsicherheit verfliegt schon im nächsten Augenblick, denn als sich unsere Haut berührt, habe ich das Gefühl, plötzlich unter Starkstrom zu stehen.

Mein Körper beginnt heftig zu zittern, und mir bricht der Schweiß aus. Obwohl mir schwindlig wird, spüre ich, wie mein Schwanz fast an die Decke springt, doch mit todesmutiger Entschlossenheit halte ich Greedys Hände fest. Allerdings weiß ich gar nicht, ob ich in diesem Moment die Kraft aufgebracht hätte, sie wieder loszulassen.

Allmählich ebbt der Anfall ab, und ich komme wieder zu Bewusstsein. Mein heftiger Atem beruhigt sich, und aus dem weißen Flimmern vor meinen Augen schält sich Greedys lächelndes Gesicht heraus.

»Was war denn das?«, keuche ich.

»Ich vermute, du hast gerade eine Menge angestauter Energie abgestoßen«, sagt Greedy. »Es war jedenfalls eine sehr heftige Entladung.«

Mein Gesichtskreis erweitert sich, sodass ich die Frau nun wieder in voller Lebensgröße wahrnehmen kann. Mein Blick konzentriert sich auf mehrere Flüssigkeitstropfen, die zwischen ihren Brüsten hinabrinnen und weiter nach unten über die Bauchdecke wandern. Ist sogar Greedy der Schweiß ausgebrochen? Ich blicke ihr ins Gesicht. Ihre Stirn ist völlig trocken. Außerdem ist Schweiß klarer und nicht so zähflüssig ... Ach du Scheiße! *Ich* habe sie vollgespritzt!

Greedy schüttelt nur lächelnd den Kopf. »Mach dir deswegen keine Sorgen«, sagt sie. »Entspann dich!«

Ich atme tief durch und versuche mir einzureden, dass es Greedy anscheinend wirklich nichts ausmacht. Also muss mir die Sache auch nicht peinlich sein. Nachdem diese Bedenken abgehakt sind, stelle ich fest, dass ich mich viel besser als vorher fühle.

»Was hast du mit mir gemacht?«, frage ich nach einer Weile.

»*Ich* habe überhaupt nichts gemacht«, sagt sie. »Es kam alles aus dir selbst.«

»Wenn das so ist, verzichte ich lieber auf die Fortsetzung der Therapie!«, sage ich mürrisch.

»Wenn du es jetzt nicht tust, wirst du in ein paar Jahren einen Herzinfarkt haben oder als Psychopatient dahinvegetieren. Und entspann dich bitte wieder. Je mehr Widerstand du leistest, desto schlimmer wird es.«

»Ja, schon gut«, sage ich. »Aber wenn ich nicht lästern und meckern darf, macht das Leben doch überhaupt keinen Spaß mehr!«

»Trotzdem solltest du aufpassen, dass du dich dabei nicht wieder verkrampfst!«

Jetzt reicht's aber!

»Hätte Frau Doktor irgendwelche therapeutischen Bedenken anzumelden, wenn ich mich kurz ins Bad zurückziehe?«, frage ich gehässig. »Ich müsste mal ganz dringend.«

Greedy lacht sich fast tot. Na endlich!

Als ich aus dem Badezimmer zurückkomme, steht Greedy an der offenen Tür zur Terrasse vor meinem Apartment und blickt in die Nacht hinaus. Es regnet, und ein angenehm kühler Windhauch streicht über meine nackte Haut.

»Es regnet!«, sagt sie und greift nach meiner Hand. Diesmal löst es keine Supernova-Explosion aus, sondern nur ein angenehm warmes Gefühl.

»Lass uns nach draußen gehen!«, schlägt sie plötzlich vor. »Ich glaube, wir beide könnten eine kleine Erfrischung vertragen.«

»Ich weiß gar nicht, ob ich einen Regenmantel eingepackt habe.«

»Nun komm schon!«, drängt sie. »Du wirst es nicht bereuen. Wer noch nie eine arkadische Regennacht erlebt hat, kennt Arkadia nicht.«

»Was? Ich soll mich schutzlos diesem Unwetter ausliefern? Ich werde ja völlig nass!«

»Und wie!«, sagt Greedy begeistert. »Du hast nichts zu befürchten. Es ist so ungefährlich wie eine warme Dusche.«

Nach allem, was ich über diesen Planeten gehört habe, scheint damit wirklich keine Gefahr verbunden zu sein. Außerdem dürfte Greedy wissen, wovon sie redet. Trotzdem ist mir die Vorstellung nicht ganz geheuer.

Schließlich gebe ich ihrem Drängen nach, wenn auch nur zögernd. Aber ich tröste mich damit, dass ich mich jederzeit wieder ins Trockene flüchten kann, wenn es mir zu heftig wird.

Wir steigen die Treppe hinunter, die von der Terrasse direkt in die freie Natur führt. Obwohl der Himmel mit dunklen Wolken verhangen ist, strahlt der Wohnkomplex genügend Licht ab, sodass ich sehen kann, wohin ich trete.

Trotz meiner Skepsis muss ich mir eingestehen, dass Greedy recht hat. Der Regen rieselt sanft über meinen Körper und ist angenehm temperiert. Natürlich kühlt er mich ein wenig aus, aber wenn ich meine instinktive Angst vor einer Erkältung verdränge, hat es eigentlich überhaupt nichts Unangenehmes mehr. Nur die klitschnassen Haare rutschen mir immer wieder in die Stirn. Ich muss zugeben, dass die Arkadier zumindest in dieser Hinsicht weniger Probleme haben.

»Ist es nicht toll?«, juchzt Greedy begeistert und dreht sich mit ausgebreiteten Armen im Kreis.

Ich reibe mir über die nasse Haut meines Oberkörpers und blicke skeptisch in den Himmel, während mir die Tropfen ins Gesicht platschen. »Nun ja«, sage ich. »Es ist zumindest ganz anders als Regen auf der Erde.«

»Du alter Stinkstiefel!«, ruft Greedy. »Komm mit, ich zeige dir etwas.«

Ohne mir die Möglichkeit zum Protest zu geben, nimmt sie wieder meine Hand und zerrt mich mit. Als sie losrennt, muss ich ihr notgedrungen folgen, obwohl ich mir Sorgen mache, weil man auf dem glatten Farngras sehr leicht auf die Nase fallen könnte.

Ich gerate ins Keuchen, da der Weg immer steiler wird, doch Greedy lässt nicht locker. Als sie endlich anhält, stelle ich fest, dass wir auf der Kuppe eines grasbewachsenen Hügels stehen, von dem man einen netten Ausblick auf die dezent beleuchtete Wohnanlage hat. In der Ferne sind weitere Lichter auf der Oberfläche Arkadias zu erkennen.

Ich spüre, wie sich wieder dieses Gefühl der ehrfürchtigen Ruhe einstellt, das ich auch während meines Ausflugs zum See empfunden habe. Ich drehe den Kopf zur Seite, um Greedy anzusehen. Ja, es stört mich kaum noch, dass wir beide nackt sind. Es kommt mir immer selbstverständlicher vor. Vielleicht liegt es auch daran, dass man in der Dunkelheit nur noch verschwommene Umrisse erkennen kann. Und schließlich hat es auch etwas Beruhigendes, dass jemand in meiner Nähe ist.

Greedy hat die ganze Zeit kein Wort gesagt, während wir auf dem Hügel stehen, uns nassregnen lassen und die verschleierten Lichter der Umgebung betrachten. Es ist fast so, als würde sie spüren, dass ich eine Weile brauche, um mit meinen Empfindungen klarzukommen.

Um diesen Moment nicht durch einen blöden Spruch zu verderben, nehme ich einfach ihre Hand und drücke sie ganz fest. Greedy blickt mich kurz an und nickt lächelnd. In diesem Augenblick habe ich das Gefühl, wirklich auf Arkadia angekommen zu sein.

Irgendwann hört es auf zu regnen, und Greedy und ich gehen schweigend und Hand in Hand über das feuchte Gras zurück, während ein warmer Wind unsere Haut trocknet. Ich verspüre eine angenehme Müdigkeit und freue mich schon auf das weiche Bett und einen tiefen und erholsamen Schlaf.

Doch zu diesem Zeitpunkt kann ich noch nicht ahnen, dass mir meine wohlverdiente Nachtruhe noch eine Weile vorenthalten wird.

Als Greedy und ich mit nassen Füßen über die Terrasse in mein dunkles Apartment treten, drehe ich mich zu ihr um. Ich will noch etwas sagen, mich bedanken, ihr einen Gutenachtkuss geben und ihr irgendwie klarmachen, dass ich jetzt für mich sein möchte. Doch dann merke ich plötzlich, dass wir nicht allein sind.

Zuerst höre ich ein Keuchen oder Schluchzen hinter meinem Rücken, dann erkenne ich im schwachen Licht den erstaunten Ausdruck auf Greedys Gesicht. Als ich mich umdrehe, sehe ich das Häufchen Elend, das sich in der Sitzgruppe meines Apartments zusammengekauert hat.

Es ist Thela. Sie hat sich in ein Bettlaken gehüllt, aus dem nur ihr Gesicht mit den verheulten Augen hervorschaut. Als sich unsere Blicke treffen, bricht ein neuer Schluchzer aus ihr hervor.

»Thela ...«, sage ich fassungslos. »Was ...?«

»Adrian!«, wimmert sie. »Es ... ist so schrecklich!«

Ich werfe einen kurzen Blick zu Greedy, die nur mit den Schultern zuckt, dann gehe ich zu Thela und hocke mich vor sie auf den Boden. »Was ist passiert?«

»Oh, Adrian!«, heult das arme kleine Ding. »Hilf mir! Halt mich fest!«

»Es wird alles wieder gut«, versuche ich sie zu beruhigen und nehme sie in die Arme. »Willst du mir nicht erzählen, was passiert ist?«

Thela sieht mir in die Augen und wirft dann einen Blick über meine Schulter. »Sag ihr, dass sie gehen soll!«, fordert sie mich flüsternd auf.

Ich tätschele ihre tränenfeuchte Wange, stehe auf und kehre zu Greedy zurück. »Ich glaube, es wäre besser, wenn du uns allein lässt«, sage ich leise zur Arkadierin.

»Bist du dir sicher, dass du keine Hilfe brauchst?«, fragt Greedy zweifelnd. »Ich könnte ...«

Entschlossen schüttele ich den Kopf. »Ich weiß nicht, was los ist, aber ich denke, ich werde damit zurechtkommen.«

»Adrian ...«, höre ich hinter meinem Rücken. Dann spüre ich, wie sich ein warmer Körper an meine nackte Haut schmiegt und Thelas Arme meinen Brustkorb umklammern. »Lass mich nicht allein ...«

»Keine Sorge«, sage ich und streiche über Thelas Unterarme.

Greedy senkt skeptisch den Blick, als sie sieht, wie mein kleiner Verräter schamlos auf Thelas Berührungen reagiert. Ich kann es kaum glauben, aber als Greedy mir wieder in die Augen schaut, glaube ich darin so etwas wie Eifersucht aufblitzen zu sehen. Wahnsinn! Ist diese Superfrau tatsächlich zu derart primitiven Empfindungen fähig?

»Okay«, sagt sie, wobei ich das Gefühl habe, dass sie sich mächtig zusammenreißen muss. »Ich gehe. Ich werde morgen früh noch einmal vorbeischauen.«

Ich nicke knapp.

»Adrian ...«, drängelt Thela und gleitet mit ihrem zierlichen Körper um mich herum, bis sie schluchzend den Kopf an meine Brust legt und die Fingernägel in die Haut über meinen Schulterblättern krallt.

Greedy kann sich offenbar nur mit Mühe vom Anblick losreißen, wie Thela und ich eng umschlungen dastehen. Schließlich gibt sie sich einen Ruck, dreht sich um und verschwindet durch das Fenster, das sie von draußen schließt, in der Dunkelheit.

»Möchtest du etwas trinken?«, frage ich.

»Nein«, sagt Thela und kuschelt sich an mich. »Halt mich einfach nur fest.«

»Gut.«

Ich halte das junge Ding in meinen Armen und streichle beruhigend über den bebenden Rücken. Dann überlege ich, ob ich mir lieber etwas anziehen sollte, weil es mich zugegebenermaßen sehr erregt, wie sich das Mädchen an mich schmiegt. Doch Thela scheint sich nicht daran zu stören. Immerhin sind wir auf Arkadia.

»Hattest du ...«, setze ich behutsam an, »... Ärger mit Frank?«

Ihre Antwort besteht aus einem heftigen Schluchzen. Dann holt sie tief Luft. »Dieser Mistkerl!«, flucht sie schnaufend.

Hab ich's mir doch gedacht!

»Falls es da noch eine andere Frau gibt«, versuche ich Thela aufzuklären, »hätte dir eigentlich klar sein müssen, dass die Arkadier in dieser Hinsicht ...«

»Ach, du verstehst überhaupt nichts!«, unterbricht sie mich.

»Dann solltest du es mir erklären.«

Thela scheint eine Weile nach Worten zu suchen. »Nein«, sagt sie dann. »Ich will jetzt nicht darüber reden.«

»Aber wenn ich dir helfen soll ...«

»Bleib einfach nur bei mir«, fleht sie mich an. »Alles, was ich jetzt brauche, ist ein richtiger Mann.«

Wenn sie weiter keine Ansprüche hat ...

Dann reckt sie sich hoch und küsst mich. Es ist ein gieriger, fast verzweifelter Kuss. Ihre Lippen saugen sich an meinen fest, und ihre Zunge sucht zitternd die Berührung mit meiner.

Als wir uns voneinander lösen, schnappen wir keuchend nach Luft. »Komm!«, sagt sie und zerrt mich zum Bett.

Während ich ihr wie in Trance folge, streckt sie sich auf dem Laken aus und spreizt die Beine.

Thela ist wirklich eine sehr unkomplizierte Frau, wie ich oft genug erleben durfte, als wir uns während des Fluges die Langeweile vertrieben haben. Und sie lässt sich verdammt schnell auf Lichtgeschwindigkeit beschleunigen. Unwillkürlich überlege ich, was zwischen ihr und Frank vorgefallen sein könnte. Dass er sie im Bett enttäuscht hat, kann ich mir kaum vorstellen, nachdem sie seine Fähigkeiten als Liebhaber erst vor wenigen Stunden in den höchsten Tönen gelobt hat.

»Komm, Adrian!«, ruft sie leise. »Worauf wartest du?«

Tja, worauf warte ich eigentlich? Da ist eine Frau, die mich haben will, und ich suche verzweifelt nach einer Ausrede, wie ich mich aus der Affäre ziehen kann. Verrückt, nicht wahr?

Aber vermutlich denken Sie ohnehin, dass ich ganz schön verklemmt bin, was ich Ihnen ehrlich gesagt gar nicht verübeln kann. Allerdings ist die Sache in Wirklichkeit wesentlich komplizierter.

Im Raumschiff hatte ich jedenfalls nicht die geringsten Hemmungen, mit Thela ins Bett zu steigen. Es irritiert mich schon ein wenig, dass sie sich zumindest äußerlich kaum noch von einer richtigen Arkadierin unterscheidet und ihre Schädeldecke nun genauso rund und glatt wie ihre kleine, aber wohlgeformte Brust ist. Doch das stört mich eigentlich am wenigsten. Denn Thela hat nie versucht – und versucht es auch jetzt nicht –, mir mit starken Sprüchen zu beweisen, was für eine tolle Frau sie ist. Sie trifft mich genau da, wo ich am empfindlichsten bin – bei meinem männlichen Beschützerinstinkt. Normalerweise kann ich keiner Frau widerstehen, die mir das Gefühl gibt, ein richtiger Kerl zu sein.

Genau deswegen habe ich solche Schwierigkeiten mit den Arkadierinnen und vor allem mit Greedy. Das ist mir völlig klar, und ich stehe dazu, auch wenn Sie mich jetzt für einen frustrierten kleinen Macho halten.

Doch in diesem Augenblick habe ich tatsächlich Skrupel. Ich komme mir auf einmal so niederträchtig vor, nachdem ich mich mit Händen und Füßen gegen Greedys Anmache gewehrt habe und jetzt drauf und dran bin, dieses schnuckelige, süße Ding zu vernaschen.

Was hat Greedy mit mir gemacht? Verdammtes Miststück! Dir werd' ich's zeigen!

Ich sehe wieder diesen Funken von Eifersucht, der in Greedys Augen aufgeblitzt ist, als ich vor Thela in die Hocke gehe und mein Gesicht zwischen ihren Schenkeln vergrabe. Die Vorstellung, Greedy eins auswischen zu können, indem ich mich mit Thela vergnüge, stachelt mich zu Höchstleistungen an.

Ungeduldig zerrt Thela mich hoch und schiebt sich mit geschickten Fingern meinen großen kleinen Mann rein. Sie schlingt die Beine um meinen Hintern und heizt mich zu einem schnellen, wilden Tempo an. Sie will keine zärtlichen Streicheleinheiten – sie will gnadenlos durchgevögelt werden.

Ich lasse meinen animalischen Trieben freien Lauf und rammle wie ein Weltmeister. Thela keucht im Rhythmus meiner hektischen Stöße. Ihre kleinen runden Brüste vollführen einen wilden Tanz vor meinen Augen. Was wir treiben, ist kein Liebesspiel, sondern ein verzweifelter Ringkampf. Im Zwielicht glaube ich, abwechselnd Thelas zarte Figur und Greedys üppige Formen unter mir zu sehen. Aber ich bin im Augenblick nicht in der Stimmung, daraus irgendwelche psychologischen Schlussfolgerungen zu ziehen.

Als ich komme, habe ich das Gefühl, dass sämtliche Anspannung, die sich seit meiner Ankunft auf Arkadia angestaut hat, aus mir hervorbricht. Und Thela lässt sich willig davon mitreißen. Auf den ersten Blick wirkt dieses Mädchen so zart und zerbrechlich, aber beim Sex wird sie zum Tier. Zitternd klammern wir uns aneinander, während sich die Energie, die wir mit der Arbeit unserer Körper aufgebaut haben, mit zuckenden Blitzen in die laue Nachtluft von Arkadia entlädt.

7

An mehr kann ich mich nicht erinnern. Ich vermute, dass ich anschließend wie tot auf der Stelle eingeschlafen bin, genauso wie Thela. Als ich am nächsten Morgen vom Türsummer geweckt werde, stelle ich fest, dass ich immer noch halb auf ihr liege. Thela blinzelt nur kurz und vergräbt sich unter dem Bettlaken, nachdem ich mich schlaftrunken erhoben habe und zur Tür wanke. Ich überlege noch, ob ich mir etwas überziehen soll, aber dann fällt mir wieder ein, dass ich auf Arkadia bin und keine Rücksicht auf solche Etikette nehmen muss – schon gar nicht am frühen Morgen.

Als ich die Tür öffne und sehe, dass Frank draußen steht, kommt mir der Gedanke, dass in dieser Situation eine gewisse Rücksichtnahme vielleicht doch angebrachter gewesen wäre.

»Entschuldige die Störung, Adrian«, sagt Frank. »Aber ist Thela zufällig bei dir? Ich habe sie schon überall gesucht.«

Ich stutze einen Augenblick, weil er überhaupt nicht den Eindruck eines eifersüchtigen Liebhabers macht, sondern sich völlig sachlich und höflich, wenn auch mit leichter Besorgnis nach dem Verbleib seiner Liebsten erkundigt.

»Thela?«, rufe ich ins Zimmer zurück. »Bist du für Frank zu sprechen?«

Ihre Antwort besteht in einem widerwilligen Knurren. »Schick ihn weg!«, höre ich dann. »Ich will ihn nicht sehen.«

»Thela!«, sagt Frank bittend. »Lass uns miteinander reden! Ich kann dir alles erklären. Ich habe es nicht so gemeint.«

»Ich dachte, du liebst mich!«, erwidert Thela.

»Ich liebe dich wirklich!«, beteuert Frank. »Das ist die Hauptsache. Alles andere ist unwichtig.«

»Wirklich?«

»Wirklich! Darf ich reinkommen?«

»Na gut.«

Es tut mir leid, wenn Sie an dieser Stelle einen handfesten Beziehungskrach statt lahmer Dialoge erwartet haben, aber leider sind die beiden nicht bereit, auf die Interessen meiner sensationslüsternen Leser Rücksicht zu nehmen.

»Ich bin in der Küche, wenn du mich brauchst«, sage ich zu Thela, die inzwischen unter den Laken hervorgekrochen ist. Frank kommt herein, hockt sich vor das Bett und redet leise auf sie ein – leider so leise, dass ich außer einzelnen Wortfetzen nichts verstehen kann. Während ich die beiden unauffällig beobachte, stehe ich vor den Küchenautomaten und überlege, für wie viele Personen ich Frühstück machen soll.

Meine Gedanken werden unterbrochen, als es erneut an der Tür klingelt. Da Thela im Augenblick ganz gut ohne meine Unterstützung zurechtzukommen scheint, öffne ich die Tür, nachdem ich mich dezent durchs Wohnzimmer an den beiden vorbeigeschlichen habe.

Draußen steht Greedy.

»Hallo!«, sagt sie. »Ich wollte nur mal nachsehen, ob alles in Ordnung ist.«

»Im Augenblick sieht es ganz danach aus«, antworte ich und blicke mich unauffällig zu Thela und Frank um, die sich allem Anschein nach soeben miteinander versöhnt haben, da sie sich schon wieder in den Armen liegen.

Und das in meinem Bett, das die treulose Thela in dieser Nacht mit mir geteilt hat!

Greedy beobachtet die Szene mit gerunzelter Stirn und blickt mich fragend an. Ich kann nur mit den Schultern zucken, während ich überlege, ob ich sie wegschicken soll oder ob ich versuchen könnte, ihr alles bei einem Spaziergang zu erklären – oder ob ich nicht eigentlich das Recht hätte, Frank und Thela aus meinem Apartment zu werfen.

Greedy scheint sich ebenfalls nicht sicher zu sein, als Thela und Frank offenbar zu einer Einigung gelangt sind und Hand in Hand zu mir und Greedy herüberkommen.

»Danke für dein Verständnis, Adrian«, sagt Thela und haucht mir einen Kuss auf die Wange. »Ich glaube, jetzt ist alles wieder gut. Du musst dir keine Sorgen mehr um mich machen.«

Bevor ich irgendetwas erwidern kann, schlendern die beiden durch die Anlagen davon.

»Was hatte denn das zu bedeuten?«, fragt Greedy fassungslos.

»Wenn ich das wüsste, würde ich es dir vielleicht sogar verraten.«

»Sehr seltsam ...«, murmelt sie nachdenklich und sieht mich an. »Darf ich trotzdem reinkommen?«

»Würdest du freiwillig verschwinden, wenn ich dir sage, dass mir im Moment nicht nach Gesellschaft zumute ist?«

»Es würde mir schwerfallen.«

»Dann will ich kein Unmensch sein«, sage ich und lasse Greedy herein. »Darf ich dich zum Frühstück einladen?«

»Ich komme gerade vom Buffet der Terrassenbar«, erwidert sie. »Ich dachte, dass du nach der vergangenen Nacht lieber mit Thela frühstücken würdest.«

»Irgendwie ist dieser Morgen nicht ganz so verlaufen, wie ich es mir vorgestellt hatte.«

Wir setzen uns in die Küche, wo ich mir ein kräftigendes Frühstück zubereite, während Greedy sich zumindest zu einem Glas frisch gepresstem Orangensaft überreden lässt.

Natürlich will sie genau wissen, was geschehen ist, seit sie mich gestern Nacht mit Thela allein gelassen hat, und natürlich ziere ich mich ein wenig, mit der ganzen Wahrheit herauszurücken.

»Es hat überhaupt keinen Sinn, wenn du versuchst, dich herauszureden«, sagt sie schließlich mit einem überlegenen Grinsen. »Ich rieche, dass du mit Thela gevögelt hast.«

»Wie bitte?«, gebe ich verdattert zurück.

Greedy zuckt nur mit einer Schulter. »Wenn du inzwischen Gelegenheit zum Duschen gehabt hättest, wäre der Geruch nicht mehr so deutlich.«

Ich blicke skeptisch an meinem immer noch nackten Körper herab. »Euch Arkadiern kann man wohl überhaupt nichts verheimlichen, wie?«

»Wenn man weiß, worauf man achten muss, kann man sehr viel über seine Mitmenschen in Erfahrung bringen.«

»Und du bist nicht der Meinung, dass du deine Nase in Dinge steckst, die dich nichts angehen?«

»Arkadier haben nichts voreinander zu verheimlichen.«

»Gilt das auch für deine Eifersucht auf Thela?«, kontere ich.

Ich hätte gedacht, dass ich sie mit dieser Frage wenigstens ein klein wenig verunsichern könnte, aber Greedy lächelt nur, als wüsste sie ganz genau, zu welchem Zweck ich sie gestellt habe.

»Von Eifersucht würde ich nicht reden«, erwidert sie. »Ich frage mich nur, warum du dich auf Thela eingelassen hast, obwohl du viel lieber mit mir gefickt hättest.«

»Du scheinst dir deiner selbst ja ziemlich sicher zu sein«, entgegne ich. »Oder kannst du es nicht verkraften, womöglich das erste Mal von einem Mann abgewiesen zu werden?«

»Es gibt nicht nur viele Männer, die mir unsympathisch sind, sondern mindestens genauso viele, die überhaupt nicht an mir interessiert sind«, sagt sie. »Doch bisher habe ich bei jedem Mann genau gespürt, wie wir zueinander stehen. Nur bei dir ist es völlig anders.«

»Okay, wir wollen nicht schon wieder auf diesem Thema herumreiten.«

»Ich würde viel lieber auf dir ...«

»Schluss jetzt!«, brülle ich. Doch diesmal kann ich meine Wut gerade noch rechtzeitig zügeln, bevor ich mich zu weiteren Aggressionen hinreißen lasse. Warum regt es mich so sehr auf, dass sie mir die Wahrheit ins Gesicht sagt? – Eben *weil* sie mir die Wahrheit sagt! Es ist so einfach, aber für Greedy doch so schwer zu verstehen.

»Ich glaube, du musst noch eine ganze Menge über Menschen lernen«, sage ich. »Vor allem über Menschen, die nicht auf Arkadia aufgewachsen sind. Warum muss immer alles klar und eindeutig sein? Es ist doch viel reizvoller, wenn gewisse Dinge ungewiss bleiben.«

Darüber muss Greedy tatsächlich einen Moment lang nachdenken. »Aber warum sollte ich dich belügen?«, fragt sie schließlich.

»Es geht gar nicht darum, jemanden zu belügen. Wenn man nicht sofort alles preisgibt und verrät, bleibt viel mehr übrig, was man noch entdecken kann. Ihr Arkadier mögt vielleicht mehr Spaß am Sex als andere Menschen haben, aber von Erotik habt ihr nicht den blassesten Schimmer.«

»Wozu brauche ich Erotik, wenn ich Sex habe?«

Ich schüttele den Kopf. Eine solche Frage kann wirklich nur jemand von Arkadia stellen!

»Okay«, sagt Greedy. »Ich werde versuchen, es zu verstehen. Würdest du mich reizvoller finden, wenn ich mir irgendwelche Kleidung anziehe?«

»Dazu dürfte es jetzt zu spät sein«, sage ich. »Schließlich gibt es kaum eine Stelle an deinem atemberaubenden Körper, die ich nicht schon ausgiebig bewundern durfte.«

»Aber es gibt da vielleicht noch eine Stelle *in* meinem Körper, die für dich einen gewissen Reiz haben könnte«, erwidert sie.

»In dieser Hinsicht dürftest du dich nicht sonderlich von Thela oder anderen Frauen unterscheiden.«

»Da wäre ich mir an deiner Stelle nicht so sicher«, sagt Greedy mit einem geheimnisvollen Lächeln.

»Beim Flirten darf man ruhig ein wenig angeben, aber man sollte keine leeren Versprechungen abgeben«, warne ich sie.

»Das war keine leere Versprechung.«

»Wenn das wahr ist, scheinst du durchaus etwas von Erotik zu verstehen.«

»Es gibt so einiges, was du über die Arkadier und insbesondere über mich noch nicht weißt«, sagt Greedy.

Damit hat sie eine Tatsache ausgesprochen, an der ich nicht die geringsten Zweifel hege. Um etwas gegen meine Unwissenheit zu unternehmen, schlägt Greedy vor, mir heute etwas mehr von Arkadia zu zeigen. Obwohl ich mich nach der vergangenen Nacht ein wenig zerknittert fühle, gibt es keinen vernünftigen Grund, warum ich dieses Angebot ablehnen sollte. Schließlich habe ich die weite Reise zu ebendiesem Zweck unternommen.

Nachdem ich hastig meine Morgendusche nachgeholt und mir etwas übergezogen habe, fliegen wir mit Greedys Gleiter eine Runde über der Stadt, bis wir uns einem größeren halbkreisförmig angelegten Gebäude nähern. Ähnliche Anlagen habe ich schon mehrfach aus der Luft beobachtet, ohne mir tiefere Gedanken über ihren Sinn oder Zweck zu machen.

»Und was findet hier statt?«, frage ich meine Fremdenführerin.

»Hier wohne ich«, antwortet Greedy lakonisch, während sie das Gefährt auf einem Platz vor der offenen Seite des Halbkreises niedergehen lässt.

»Ach so«, lautet mein nicht sehr enthusiastischer Kommentar. Die Anlage scheint zwar von einem anderen Architekten entworfen zu sein, aber ich gehe davon aus, dass sie sich im Grunde kaum von dem Apartmentkomplex unterscheidet, in dem ich Quartier bezogen habe.

»Hier leben vor allem jüngere Leute von etwa fünfzehn bis höchstens dreißig Jahren«, erklärt Greedy mir. »Anschließend nehmen sich die meisten ein eigenes Apartment, wenn sie das Bedürfnis nach etwas Ruhe und Privatsphäre entwickelt haben.«

Ich beginne zu ahnen, dass dieser Wohnkomplex möglicherweise doch nicht in jeder Hinsicht mit meinem zu vergleichen ist. Schon mein erster Eindruck deutet darauf hin, dass es hier etwas lebhafter zugeht.

Die Stimmung erinnert mich ein wenig an die Universität, die ich am Vortag besichtigt habe. Das Innere des Halbkreises ist als hübsche Parklandschaft mit einheimischen Gewächsen gestaltet. Im Zentrum gibt es einen See, in dem ein paar junge Leute herumplanschen. Die Gebäudefront wird von einem schattigen Säulengang gesäumt, wie er sich auf Arkadia allgemeiner Beliebtheit zu erfreuen scheint. Doch als wir eintreten, wird mir endgültig klar, dass diese Wohnanlage kaum etwas mit den Apartments gemeinsam hat, die ich bis jetzt kennengelernt habe.

Denn das Dach über dem Wohnbereich wird lediglich von weiteren Säulen gestützt, zwischen denen es nicht eine einzige trennende Wand gibt. Darunter befindet sich ein großer, nach innen und außen völlig offener Raum, über den sich verschiedene Sitz- und Ruhegelegenheiten verteilen, die wahlweise in den Boden eingelassen oder auf mehr oder weniger erhöhten Plattformen arrangiert sind. Hier und da stehen, hocken oder liegen junge Arkadier herum und widmen sich unterschiedlichen Tätigkeiten oder dem süßen Nichtstun. Unter einer zusammengeknüllten Bettdecke dringt ein tiefes Schnarchen hervor, nebenan sind zwei Mädchen an einem Computer beschäftigt, und ein Stückchen weiter arbeitet sich ein offensichtlich frisch verliebtes Pärchen lautstark dem gemeinsamen Höhepunkt entgegen.

»Du hast recht«, sage ich zu Greedy. »Leute in meinem gesetzten Alter dürften es hier nicht allzu lange aushalten.«

»Ich fühle mich hier wohl«, erwidert sie. »Wenn ich vier feste Wände um mich hätte, würde ich wahrscheinlich an Langeweile eingehen.«

»Ich sollte mich jetzt wohl in aller Form für euren in weiser Voraussicht getroffenen Entschluss bedanken, mich drüben im Altenheim unterzubringen.«

»Nachdem ich dich ein wenig näher kennengelernt habe, kann ich mir allmählich vorstellen, dass man in unserer Gemeinschaft aufgewachsen sein muss, um hier nicht den Verstand zu verlieren.«

So wird es sein.

»Hier ist mein Bett«, sagt Greedy schließlich und zeigt auf eine Matratze mit einem zerwühlten Laken. Für sich genommen kann ich diesem Anblick nichts Spektakuläres abgewinnen – höchstens, wenn ich die Schlafstätte im Zusammenhang mit der näheren Umgebung betrachte. Wohnen hat meiner bescheidenen Ansicht nach etwas mit intimer Atmosphäre und der Möglichkeit zu stiller Einkehr zu tun. Wer bereit ist, hier zu leben, sollte von derartigen Bedürfnissen frei sein.

»Nett«, bemerke ich artig. »Und was machst du, wenn du mal für kleine Mädchen musst?«

»Da drüben ist eine Treppe, die ins Kellergeschoss führt, wo es sanitäre Einrichtungen und frische Bettwäsche gibt.«

Offenbar ist für alles gesorgt, was man zum Leben braucht. Ich verzichte jedoch darauf, mich mit eigenen Augen von der zweckmäßigen Anlage dieser Räume zu überzeugen. Nicht dass ich mir Sorgen mache, ich könnte da unten irgendjemanden bei irgendetwas stören – nein, eher im Gegenteil. Diese Leute haben es gar nicht nötig, sich in eine Toilettenkabine zurückzuziehen, wenn sie Unanständigkeiten im Schilde führen.

»Ich sehe hier nirgendwo Kinder«, stelle ich fest. »Oder sind die jetzt alle in der Schule?«

»Kinder unter fünfzehn Jahren leben bei ihrer Familie oder im Kinderhort. Und wer eigene Kinder hat, bekommt sofort ein Familienapartment.«

»Heißt das, Kinder sind hier nicht erlaubt?«, frage ich misstrauisch. »Kann es tatsächlich sein, dass eure Anarchie doch nicht ohne Vorschriften auskommt?«

»Wir haben nie behauptet, dass Freiheit ohne Gesetze möglich ist«, erwidert Greedy schulterzuckend. »Man darf sie nur nicht zu bürokratisch auslegen. Manche verlassen ihre Eltern oder ihre Kindergruppe auch schon mit dreizehn Jahren, um hier zu leben.«

Stillschweigend muss ich mir eingestehen, dass sich die jungen Leute, die ich sehe, kaum anders verhalten, als ich es in meiner wilden Jugendzeit getan habe. Nur dass ich die Tür zu meinem Zimmer abgeschlossen habe, bevor ich – vorzugsweise in netter weiblicher Gesellschaft – meine Kleidung abgelegt habe.

»Entschuldige bitte«, sagt Greedy, als der Computer in der Nähe ihres Bettes dezent piept und blinkt. Sie steht auf und setzt sich vor den Bildschirm, der kurz darauf das Gesicht eines Arkadiers zeigt. Da das Pärchen drei Betten weiter soeben das Ziel seiner gemeinschaftlichen Bemühungen erreicht, kann ich nur wenige Wortfetzen von dem verstehen, was Greedy mit dem Mann bespricht.

»Das war ein Raumhafenangestellter«, teilt Greedy mir aufgeregt mit, nachdem sie die Verbindung unterbrochen hat. »Ich kann jetzt meinen neuen Gleiter abholen, der gestern mit deinem Raumschiff eingetroffen ist. Wenn du willst, könnten wir gemeinsam einen Probeflug machen.«

Es dauert nur eine knappe Sekunde, bis ich mir jeden Gedanken aus dem Kopf geschlagen habe, diesen Vorschlag abzulehnen. Denn Greedy ist plötzlich so aufgekratzt wie ein Teenager vor dem ersten Rendezvous. Sie sprüht geradezu vor Begeisterung. Und ich würde gern erfahren, was es damit auf sich hat.

Ich kann kaum mit ihr Schritt halten, als wir zum Gleiter zurückkehren. In Rekordzeit legen wir die Strecke bis zum Raumhafen zurück, wo Greedy direkt neben der Raumfähre landet, vor der mehrere ausgeladene Container und ein nagelneuer Sensograv von Beijing Industries stehen.

Es ist in der Tat ein beeindruckendes Gefährt, wie auch ich anerkennen muss, aber Greedy nähert sich dem technischen Kunstwerk mit geradezu sinnlicher Ehrfurcht. Es hat durchaus etwas Erotisches, wie die nackte Frau vor dem drei Meter langen stromlinienförmigen Fahrzeug aus weiß glänzendem Chromverbundstoff steht und dann zärtlich mit den Fingerspitzen über die Karosserie streicht. Sie begutachtet es von allen Seiten und berührt es immer wieder mit den Händen. Als sie schließlich in den Pilotensitz gleitet, ist es fast so, als hätte nach einem ausgiebigen Liebesspiel nun die körperliche Vereinigung stattgefunden.

Dieser Vergleich ist gar nicht so unangebracht, wie Sie wissen dürften, wenn Sie schon einmal eine Sensosteuerung bedient haben. Denn bei diesem Modell schlüpft der Pilot mit Armen und Beinen in schlauchförmige Muffen, in denen sich die Steuerungssensoren befinden.

Nachdem Greedy sich gründlich mit dem Fahrzeug vertraut gemacht hat, winkt sie mich herüber und fordert mich auf, sich neben sie zu setzen.

»Dieser Schlitten ist mehr als nur ein Transportmittel«, sagt sie. »Du solltest deine Sachen wieder ausziehen, damit du ihn mit allen Sinnen *erleben* kannst.«

»Ich glaube, ich spüre es auch so.«

Greedy zuckt nur mit einer Schulter und wirft mit einer Drehung des Handgelenks den Antigravmotor des Gleiters an. Nur ein kaum hörbares Summen verrät, dass der Sensograv startbereit ist.

Dann schwebt er leicht wie eine Daune im zarten Frühlingswind empor und hält etwa anderthalb Meter über dem Boden an. Es ist eine fließende, unglaublich sanfte Bewegung ohne den leisesten Ruck. Ich nicke Greedy anerkennend zu, denn es erfordert wirklich ein ausgezeichnetes Koordinationsvermögen, auf Anhieb so einfühlsam mit einer Sensosteuerung umzugehen.

»Bist du bereit?«, fragt sie mit einem Augenzwinkern.

»Zeig mir, was du gelernt hast!«, fordere ich sie auf.

Ohne etwas zu erwidern, lässt Greedy den Gleiter ein wenig nach links kippen und beschleunigt ohne die geringste Erschütterung. In weitem Bogen rasen wir in den blauen Himmel Arkadias hinauf. Der Fliehkraftausgleich arbeitet tadellos, während sich das grüne Land unter uns dreht und schrumpft, als würde es von einem Strudel zusammengezogen, bis Greedy den Gleiter in eine stabile Fluglage bringt und ich endlich den angehaltenen Atem ausstoßen kann.

Greedy juchzt begeistert auf. »Der Schlitten ist einsame Spitze!«, lautet ihr Urteil. »Er reagiert viel besser als im Simulator.«

»Willst du damit andeuten, dass du noch nie zuvor mit einem echten Sensograv geflogen bist?«, frage ich verblüfft. »Dass du diese Steuerung nur aus dem Simulator kennst?«

»Auf Arkadia gibt es leider nur wenige Möglichkeiten, mit echten Maschinen zu fliegen«, antwortet sie augenzwinkernd.

Auch wenn Sie nur die preiswerten Standardgleiter mit Automatiksteuerung kennen, meine lieben Leser, können Sie vielleicht ermessen, was das bedeutet. In diesem Augenblick muss ich ohne Wenn und Aber anerkennen, dass diese Frau eine verdammt gute Pilotin ist!

»Du scheinst nicht nur eine Menge von Männern, sondern auch von Maschinen zu verstehen«, sage ich.

»Wenn ich es darauf anlege, tun Männer für mich alles, was ich will«, erwidert sie. »Aber der Sensograv gehorcht mir aufs Wort. – Nein, viel besser: Ich muss nur daran denken, und schon vollführt er exakt das Manöver, das ich im Sinn habe.«

Ohne jede Vorwarnung überschlägt sich der Gleiter plötzlich in der Luft und fliegt danach völlig ruhig weiter, als wenn nichts gewesen wäre. Bei diesem Salto rutscht sogar mir das Herz in die Hose, auch wenn es aus meiner Perspektive so aussieht, als hätte sich unvermittelt die Planetenoberfläche um uns gedreht.

Als ich einen Blick nach unten werfe, wird mir klar, dass wir schon viel schneller fliegen, als ich gedacht hätte. Die Aerodynamik dieses Fahrzeuges ist wirklich ein Traum. Nur ein sanftes Säuseln ist zu hören, während wir mit einem Affenzahn durch die Atmosphäre von Arkadia rasen.

»Da kommt die Meeresküste«, sagt Greedy und zeigt nach vorn. Ich sehe, dass die grünen Hügel Arkadias flacher geworden sind, bis das Land mit weiten Buchten und Halbinseln im Meer verschwindet, das in Zeitlupe auf die Strände zu schwappen scheint. Dann fliegen wir zwischen zwei fast kreisrunden, saftig grünen Inseln hindurch, bis sich eine endlose, tiefblaue Wasserfläche vor uns erstreckt.

»So geht es bis zum Südpol weiter«, erklärt Greedy. »Wenn wir Glück haben, könnten wir dort vielleicht ein paar Eisschollen sehen, aber auf Arkadia fällt die Temperatur selbst an den Polen nur selten unter den Gefrierpunkt.«

»Haben wir tatsächlich schon den Südpol überquert?«, frage ich verblüfft, weil voraus plötzlich wieder grünes Land in Sicht ist.

»Nein, ich bin in weitem Bogen umgekehrt«, sagt Greedy. »Jetzt solltest du darauf achten, wie sich das Land verändert, während wir weiter nach Norden fliegen.«

Sie erklärt mir, was sie in Julys Vorlesungen über die ungewöhnliche Tektonik des Planeten erfahren hat. Arkadia besitzt nur einen einzigen großen Kontinent, der wie ein Gürtel die Äquatorregion des Globus umspannt. Wenn man sich von irgendeiner Küste aus ins Landesinnere bewegt, wie Greedy und ich es jetzt tun, wird das Gelände nach und nach immer hügeliger, bis sich irgendwann die ersten kahlen Tafelberge aus dem Boden schieben.

Was dann kommt, habe ich zwar schon in Holos gesehen, aber der direkte, unverfälschte Anblick ist etwas völlig anderes. Zunächst denke ich, dass eine Wolkenbank am Horizont hängt, doch dann nimmt das atmosphärisch eingetrübte Gebilde allmählich solidere Formen an. Schließlich ist immer deutlicher zu erkennen, dass es sich um eine steil aufragende Wand aus nacktem, grauem Fels handelt. Es ist das äquatoriale Hochland, das sich parallel zu den Meeresküsten mitten durch den ganzen Kontinent zieht – einmal um den gesamten Planeten herum.

Als wir etwas näher herangekommen sind, sehe ich, dass die Felsen von tiefen Rissen und Spalten durchzogen sind. Und jetzt erkenne ich auch, dass die würfelförmigen Felsen, die über das tiefere Land verstreut sind, offenbar irgendwann aus diesem Hochland herausgebrochen sind.

Unwillkürlich halte ich mich fest, als ich den Eindruck habe, Greedy würde mit dem Gleiter frontal gegen die Felswand rasen wollen. Aber wir sind noch viel weiter davon entfernt, als es den Anschein hat. Außerdem hat sie kaum merklich die Geschwindigkeit verringert, als wir am Fuß der Wand kurz zum Stillstand kommen und dann langsam emporsteigen. Scheinbar endlose Felsformationen ziehen vor meinen Augen vorbei, bis die Wand urplötzlich zu Ende ist und sich eine weite, flache und völlig kahle Felsebene vor uns erstreckt.

Greedy fängt den Steigflug des Gleiters ab und lässt das Fahrzeug wie ein fallendes Blatt auf die Hochebene niedersinken.

Sie wirft mir nur stumm einen Blick zu und steigt aus. Ich folge ihr über den harten Steinboden, der stellenweise mit grünen Farbklecksen übersät ist, die sich mit der Schuhsohle vom Felsen ablösen lassen, wie ich feststelle. Wahrscheinlich irgendwelche Algen oder Flechten oder was auch immer die Natur dieses Planeten hervorgebracht hat, um unwirtliche Regionen zu besiedeln. Denn hier oben ist es empfindlich kühl. Ich bin froh, dass ich meinen Anzug trage, und wundere mich, dass Greedy hier überhaupt nicht zu frieren scheint, obwohl sie völlig nackt und ungeschützt dem Wind ausgesetzt ist.

Dann stehen wir am zweieinhalb Kilometer tiefen Abgrund und blicken über das Tiefland, das sich wie ein blassgrüner Teppich unter uns ausbreitet. Es ist wirklich ein atemberaubender Anblick, der sich nur schwer mit Worten wiedergeben lässt. Wenn Sie zufällig einmal auf Arkadia weilen, müssen Sie unbedingt einen Ausflug zum Rand des Hochlandes buchen. Das sage ich nicht, weil ich irgendwelche Prozente dafür bekomme, sondern weil es sich wirklich lohnt.

Greedy erklärt mir die Theorie, nach der sich in der Frühzeit Arkadias durch die Fliehkraft der Planetenrotation der Kontinentalgürtel in der Äquatorialregion auf dem dichteren Untergrund abgelagert hat. Da es auf Arkadia auch in geologischer Hinsicht sehr ruhig zugeht, ist der Kontinent nicht wie auf vielen anderen Planeten zerbrochen oder verschoben worden. Das Gestein des Hochlandes, auf dem wir stehen, ist zwar viel härter, aber deutlich leichter als der normale arkadische Boden. Vor Urzeiten lag es wie eine Kappe auf dem Tiefland, bis die Ränder durch Erosion weggebrochen sind und sich aufgrund der kristallinen Struktur des Gesteins immer höhere Steilabhänge bildeten.

Mir bleibt fast die ohnehin dünne Luft weg, als Greedy sich mit blankem Hintern auf die Felskante hockt und die Beine über dem Abgrund baumeln lässt. Ich will keineswegs als Feigling erscheinen, also robbe ich auf dem Bauch heran und wage einen Blick nach unten. Jetzt bin ich im wahrsten Sinne des Wortes platt. Jeden Augenblick erwarte ich, dass diese unmögliche Felskonstruktion unter mir zusammenstürzt. Vielleicht sollte ich noch erwähnen, dass ich normalerweise nicht unter Höhenangst leide, damit Sie meine Reaktion besser einschätzen können.

Aber falls ich tatsächlich von dieser Kante fallen sollte, hätte Greedy vermutlich immer noch genügend Zeit, um in den Gleiter zu springen, mir nachzufliegen und mich irgendwann auf dem Weg nach unten abzufangen.

Trotzdem möchte ich es nicht darauf ankommen lassen und ziehe mich vorsichtig zurück, bis ich zumindest scheinbar festen Boden unter den Füßen habe.

8

Als wir wieder im Gleiter sitzen, wird mir irgendwann klar, dass ich über eine Stunde ganz allein mit dieser Frau zusammen war, ohne auch nur ein einziges Mal an Sex zu denken. Ich weiß nicht, ob ich mich allmählich an die arkadische Lebensart gewöhne oder ob Greedy sich auf irgendeine unmerkliche Weise anders als sonst verhalten hat. Ich will sie auch nicht danach fragen, da ich es sehr angenehm finde, wie es ist. Mir scheint, dass man grundsätzlich sehr gut mit Greedy auskommen kann.

Wir sprechen nur wenig miteinander, während wir gemeinsam die Naturwunder Arkadias bestaunen. Dabei macht sie keineswegs den Eindruck der erfahrenen Reiseführerin, die schon alles gesehen und erlebt hat, sondern kann sich offenbar immer wieder aufs Neue für die Landschaft begeistern. Greedy schwebt mit dem Sensograv ganz nahe an einen Wasserfall heran, der nicht besonders mächtig ist, da es auf dem Hochland kaum regnet, der aber fast zweitausend Meter im freien Fall in die Tiefe stürzt. Ein Stück weiter öffnet sich in der Felswand plötzlich ein Spalt, in den meine Pilotin den Gleiter vorsichtig hineinmanövriert. Schon nach wenigen Sekunden wird es stockfinster, und als Greedy die Scheinwerfer einschaltet, ist auch nicht viel mehr zu erkennen. Es dauert eine Weile, bis sich meine Augen an die Dunkelheit gewöhnt haben und ich die Felsformationen eher ahne als sehe. Nach etwa einem Kilometer geht es nicht mehr weiter, als wir wieder vor einer glatten Steilwand schweben.

Greedy wendet den Gleiter und fliegt zurück, worauf der schmale rechteckige Lichtspalt der Höhlenöffnung allmählich größer wird. Wie dieses ungewöhnliche Loch im Hochplateau entstehen konnte, stellt für die arkadischen Geologen bis heute ein Rätsel dar.

Ich atme erleichtert auf, als wir wieder in den strahlend blauen Himmel von Arkadia aufsteigen. Dann muss ich mir fest vornehmen, nicht erneut in vermutlich unbegründete Panikreaktionen zu verfallen, als Greedy den Gleiter wie einen Adler im

Sturzflug auf das Hochplateau hinuntersausen lässt. Erst kurz über dem Boden zieht sie das Gefährt in die Waagerechte, worauf es in halsbrecherischem Tempo über die glatte Felsoberfläche hinwegrast.

Da ich mich willig dem Geschwindigkeitsrausch hingebe und gebannt auf den Boden starre, muss Greedy mich anstoßen, um meinen Blick auf den Horizont zu lenken. Dort ist plötzlich etwas aufgetaucht, das überhaupt nicht in diese Umgebung zu passen scheint. Dann zieht Greedy den Gleiter wieder etwas höher, damit ich den Komplex von oben betrachten kann, während wir darüber hinwegfliegen.

Beherrscht wird die Anlage von einer größeren Kuppel, um die sich kugel- und schüsselförmige Antennen gruppieren. Zwei kleinere Gebäude wurden sozusagen in respektvollem Abstand dazu errichtet.

»Hättest du Lust auf einen kleinen Freundschaftsbesuch?«, sind die ersten Worte, die Greedy seit längerer Zeit an mich richtet.

»Eine Atempause würde mir vielleicht guttun«, antworte ich.

»Dann sind wir richtig. Hier oben bei Mia und Paulo geht es nämlich sehr ruhig zu.«

»Ich kann es gut verstehen, wenn ihnen der Trubel in der Stadt auf die Nerven gegangen ist.«

»Ja, sie scheinen sich hier wohlzufühlen«, sagt Greedy, während sie unser Gefährt neben den Baracken landet.

»Wer auch immer diese geheimnisvollen Freunde sein mögen, sie sind mir schon jetzt sympathisch«, erwidere ich grinsend, als ich mit einer gewissen Erleichterung wieder festen Boden unter den Füßen verspüre.

Greedy deutet mit einem Kopfnicken auf eine Gestalt, die offenbar aus der großen Kuppel gekommen ist und sich uns nähert. Es dauert eine Weile, bis mir bewusst wird, was mich an dieser Person so sehr irritiert, doch dann kann ich meine Wahrnehmung wieder ins richtige Verhältnis setzen. Das Ungewöhnliche ist, dass diese Person *Kleidung* trägt.

Erst als ich das Gesicht erkennen kann, sehe ich, dass es sich um einen Mann handelt. Er trägt einen schmucklosen einteiligen Overall – selbst für einen Arkadier eine sehr sinnvolle Entscheidung, da die Temperatur hier oben nicht sehr weit über dem Gefrierpunkt liegen dürfte. Plötzlich bin nicht mehr ich der Exot, sondern die nach wie vor splitternackte Greedy, der die Kälte jedoch weniger auszumachen scheint als mir in meinem dünnen Anzug.

»Hallo, Paulo!«, begrüßt sie den Mann. »Ich hoffe, wir kommen nicht ungelegen.«

»Überhaupt nicht!«, ruft er zurück. »Ich muss meine Instrumente sowieso noch einmal neu ausrichten, nachdem du mir mit deiner Flugdemonstration sämtliche Messreihen versaut hast!«

Trotz dieser schroffen Erwiderung schließt er Greedy freundlich in die Arme und tätschelt liebevoll ihren Hintern.

»Das ist Adrian Ginjeet, unser Besucher von der Erde«, stellt Greedy mich vor, nachdem sie sich voneinander gelöst haben.

»Ja, ich habe schon von ihm gehört«, sagt Paulo und schüttelt mir die Hand. »Paulo Marquez«, stellt er sich vor. »Ich leite zusammen mit Mia diese astronomische Beobachtungsstation.«

»Ich dachte, dieser Beruf wird nur noch in Raumstationen oder von Satelliten aus betrieben«, sage ich.

»Im Grunde hast du recht«, erwidert er und dreht sich zur Kuppel um. »Aber hier auf dem Plateau herrschen außergewöhnlich gute Beobachtungsbedingungen, wie sie auf der Oberfläche eines Planeten nur selten zu finden sind. Natürlich haben wir da oben noch eine Handvoll Satelliten, die uns die Messwerte liefern, die von der Atmosphäre verschluckt werden.«

»Und wegen der fehlenden Achsenneigung Arkadias«, kombiniere ich messerscharf, »kann man hier am Äquator im Verlauf eines Tages das gesamte Himmelsgewölbe im Auge behalten.«

»Völlig richtig!«, bemerkt Paulo lächelnd und deutet dann auf die flachen, quaderförmigen Gebäude. »Wollen wir nicht hineingehen und uns etwas aufwärmen?«

»Gerne«, nehme ich seinen Vorschlag dankbar an.

Von außen sieht der schlichte weiße Quader nach überhaupt nichts aus, doch als wir durch die Tür treten, gelangen wir in eine gemütlich eingerichtete Wohnung, in der es angenehm warm ist. Paulo schlüpft sofort aus seinem Overall und wirft mir einen stirnrunzelnden Blick zu, als ich keine Anstalten mache, seinem Beispiel zu folgen.

»Ach ja!«, stellt er dann grinsend fest. »Auch *davon* habe ich schon gehört.«

Ich gehe nicht weiter darauf ein, als er uns ins Wohnzimmer führt und einen Tee kocht, den sogar Greedy dankbar annimmt, um sich wieder aufzuwärmen.

»Mia hat sich vor zwei Stunden hingelegt«, erklärt Paulo. »Wir wechseln uns mit der Tag- und Nachtschicht ab und sehen uns nur morgens und abends für ein paar Stunden.«

»Mia ist Paulos Frau«, fügt Greedy hinzu. Überflüssigerweise, denke ich zunächst, doch dann wird mir klar, dass so etwas auf Arkadia natürlich eine viel tiefere Bedeutung hat.

»Und welche bahnbrechenden Entdeckungen habt ihr bisher gemacht?«, versuche ich das Gesprächsthema in eine unverfänglichere Richtung zu lenken.

»Hier gibt es nicht allzu viel zu beobachten, wie du dir vielleicht denken kannst«, sagt Paulo. »Aber auch das kann etwas ganz Besonderes sein.«

»Wie darf ich das verstehen?«

»Nun, das Aura-System ist astronomisch betrachtet sehr ungewöhnlich, weil es geradezu langweilig ist. Ganze fünf Planeten, von denen nur einer einen einzigen Mond hat, drehen ihre geordneten Bahnen um die Sonne. Sonst gibt es hier praktisch nichts. Das System hat zum Beispiel keine Oortsche Kometenwolke, wie sie eigentlich zu einem anständigen Planetensystem gehört.«

»Das passt irgendwie zu dem, was ich bisher über Arkadia erfahren habe«, sage ich.

»Vermutlich spielst du auf die langweilige Biologie des Planeten an«, erwidert Paulo mit einem ernsten Nicken. »Beides dürfte sogar in engem Zusammenhang stehen. Weil es hier so friedlich zugeht, konnte sich das Leben in aller Ruhe entfalten. Hier ist niemals ein Asteroid eingeschlagen, der das komplette Dinosauriergeschlecht ausradierte. Andererseits hat dieser Mangel an Herausforderungen zur Folge, dass die Evolution im Schneckentempo verläuft.«

»Das leuchtet mir ein«, sage ich. »Habt ihr schon eine Theorie entwickelt, warum das Aura-System ein solches Vorbild der astronomischen Tugend und Sittsamkeit darstellt?«

Paulo schüttelt den Kopf. »In diesem Punkt tappen wir noch im Dunkeln, weil es einfach zu viele Faktoren gibt, die bei der Entstehung eines Planetensystems eine Rolle spielen. Vielleicht herrschten hier sozusagen optimale Ausgangsbedingungen, sodass sich sämtliche Materie zu Planeten zusammenklumpen konnte, ohne dass Asteroidengürtel oder umherschwirrende Kometen übrig blieben. Ein anderer Vorschlag lautet, dass ein in der Nähe vorbeiziehender Stern oder gar ein Schwarzes Loch gewissermaßen als kosmischer Staubsauger alle kleineren Trümmer weggefegt hat. In diesem Fall wäre allerdings zu erwarten, dass die Bahnen der Planeten erheblich gestört worden wären – wofür es wiederum keinerlei Anzeichen gibt.«

»Wenn das so ist, wundert es mich, dass die Große Ökumene oder zumindest die katholische Kirche ihren Hauptsitz noch nicht nach Arkadia verlegt hat.«

»Mal nicht den Teufel an die Wand!«, sagt Paulo erschrocken. Ich bin mir nicht sicher, wie viel von seiner Reaktion ernsthafte Besorgnis ist. »Zum Glück verstehen die Kirchen- und Sektenführer nicht genug von Astronomie, um die Einzigartigkeit dieses Systems beurteilen zu können.«

»Ich versuche mir gerade vorzustellen«, sage ich, »wie religiöse Würdenträger in Scharen nach Arkadia strömen – und wie lange es wohl dauern würde, bis ihr sie bequatscht habt, die Roben und Talare abzulegen.«

»Meinst du, sie würden sich noch heftiger zur Wehr setzen als du?«, fragt Greedy.

Diesmal kann sogar ich mitlachen. Religiöse Frömmigkeit und die arkadische Lebensart – das passt einfach nicht zusammen. Jeder Versuch, die nackten Wilden von Arkadia zu missionieren, muss bereits im Ansatz scheitern. Zum Glück hat die Große Ökumene schon vor Jahrzehnten gemeinschaftlich beschlossen, auf jede religiöse Missionstätigkeit zu verzichten.

»Was deine Frage nach bahnbrechenden Entdeckungen betrifft«, sagt Paulo dann, »gibt es tatsächlich eine sensationelle Neuigkeit zu vermelden. Seit etwa einer Woche verfolgen wir die Bahn eines etwa zweihundert Meter großen Objekts, das sich dem Rand unseres Planetensystems nähert.«

»Das ist in der Tat bemerkenswert«, sage ich. »Doch ich muss zugeben, dass mir ohne deine Vorbemerkung das Sensationelle an dieser Entdeckung überhaupt nicht bewusst geworden wäre.«

»Jetzt versuchen wir die weltbewegende Frage zu klären, worum es sich bei diesem Brocken handelt. Ist es ein gewöhnlicher

Eisen-Nickel-Asteroid oder der ausgepuffte Überrest eines uralten Kometen? Bislang steht nur fest, dass das Ding nicht zum Aura-System gehört, da es einen ganz anderen Bewegungsimpuls als die Planeten hat.«

»Du musst mich unbedingt über dieses ungewöhnliche Objekt auf dem Laufenden halten«, sage ich grinsend. »Endlich passiert mal etwas in diesem langweiligen System!«

»Es könnte wirklich spannend werden«, bestätigt Paulo zu meiner Überraschung. »Denn der Brocken wird ziemlich nah an der Sonne vorbeirauschen.«

»Was heißt in diesem Zusammenhang *ziemlich* nah?«, möchte Greedy es etwas genauer wissen.

»Da wir aus dieser Entfernung noch nicht feststellen konnten, aus welchem Material der Brocken besteht und wie groß er genau ist, lässt sich nur schwer berechnen, wie stark er vom Sonnenwind abgebremst wird. Unter bestimmten Umständen wäre es sogar möglich, dass er genau in die Sonne stürzt.« Als Paulo meine leicht gerunzelte Stirn sieht, fügt er hinzu: »Keine Sorge, davon würden wir hier auf Arkadia so gut wie nichts bemerken.«

»Könnte er weit genug von seiner gegenwärtigen Bahn abgelenkt werden, dass er zu einer Gefahr für Arkadia wird?«, fragt Greedy besorgt.

»Das halte ich für ausgeschlossen, da er in einem sehr schrägen Winkel auf die Ekliptik zielt und die Umlaufbahn von Arkadia nicht einmal annäherungsweise kreuzt.«

»Und wann wird er den sonnennächsten Punkt erreicht haben?«, erkundigt sich Greedy weiter.

Paulo wirft ihr einen bedeutungsvollen Blick zu, bevor er antwortet. »In knapp zwei Wochen.«

Dann werde ich längst wieder in einer engen Raumschiffskabine hocken und mich auf dem Rückweg zur guten alten Erde befinden.

Greedy macht sich über diesen Punkt verständlicherweise etwas mehr Gedanken als ich. »Das bedeutet, dass der Brocken pro Tag mehrere Millionen Kilometer zurücklegt!«, stellt sie verblüfft fest.

»Richtig, er bewegt sich mit einem ziemlich hohen Tempo«, bestätigt Paulo. »Das ist einer der Gründe, warum er von weit außerhalb des Aura-Systems stammen muss.«

»Vielleicht solltet ihr ihn auf den Namen *Affenzahn* taufen«, schlage ich vor.

»Eine gute Idee!«, ruft eine Frauenstimme hinter meinem Rücken.

»Mia!«, sagt Paulo. »Ich hoffe, wir haben dich nicht geweckt.«

»Normalerweise hätte ich mich umgedreht und wäre wieder eingeschlafen«, sagt die Frau mittleren Alters, die das Wohnzimmer betreten hat. »Aber ich war neugierig, wen Greedy uns mitgebracht hat.«

Wir werden einander vorgestellt, und Mia begrüßt mich mit einem Küsschen auf die Wange, bevor sie sich auf die Armlehne von Paulos Sessel hockt. Dann erfahre ich, dass die beiden vor sieben Jahren von New Terra nach Arkadia gekommen sind, um hier als Astronomen zu arbeiten und ein glückliches, monogames Eheleben zu führen. Trotzdem scheint ihr Verhältnis sehr innig und sinnlich zu sein, und mir wird allmählich klar, dass weder Greedy noch Sylphe oder Rocky repräsentativ für die Bevölkerung Arkadias sind.

Nachdem Mia sich wieder ins Schlafzimmer zurückgezogen hat, verlassen wir das Wohngebäude, weil Paulo offensichtlich darauf brennt, mir die Beobachtungsanlage zu zeigen. Ich tue ihm den Gefallen und bestaune die eindrucksvollen astronomischen Gerätschaften, die sich im Innern der großen Kuppel türmen. Paulos Erläuterungen des Verwendungszwecks und der Leistungsfähigkeit der diversen Instrumente nehme ich zur Kenntnis, kann sie jedoch nicht einschätzen, da ich allenfalls vage Vorstellungen davon habe, was es mit Neutrinofeldstärken und Gravitationsinterferenzen auf sich hat.

Für freiwillige Eremiten wirken die beiden eigentlich recht normal«, sage ich zu Greedy, als der Gleiter wieder über das grüne, gewellte Tiefland fliegt und das Hochland allmählich am Horizont verschwindet.

»Wenn du an schrägen Typen interessiert bist, solltest du in der Stadt bleiben«, erwidert Greedy. »Leute, die sich von der arkadischen Gesellschaft isolieren, dürften für deine Begriffe recht gewöhnlich sein.«

»Damit könntest du recht haben.«

»Aber es gäbe da vielleicht noch jemanden, der dich interessieren könnte«, sagt sie. »Eine sehr gute alte Freundin von mir. Zufällig liegt ihr Häuschen praktisch auf dem Weg, wenn wir in die Stadt zurückkehren.«

»Ich habe das Gefühl, dass ich heute eigentlich schon genug erlebt habe.«

»Muss ich dich pausenlos daran erinnern, dass du nicht zu deinem Vergnügen hier bist?«, entgegnet Greedy grinsend. »Wenn du möglichst viel über Arkadia erfahren willst, musst du Aurora unbedingt kennenlernen.«

»Nur wenn du mir versprechen kannst, dass sie mir nicht an die Wäsche geht.«

»Ich kann für nichts garantieren«, erwidert Greedy schmunzelnd, »aber im Allgemeinen versteht sie sich recht gut zu beherrschen.«

»Willst du mir ein wenig mehr über sie erzählen?«

Greedy wirft mir einen schelmischen Seitenblick zu und schüttelt den Kopf. »Lass dich einfach überraschen. Es wird sich lohnen.«

Wenig später landet der Gleiter auf einer Farngraswiese zwischen mehreren idyllisch gelegenen Hügeln. An einem Hang erhebt sich eine Villa im pseudohellenistischen Stil, die wie der Landsitz eines römischen Imperators im Ruhestand wirkt – falls es so etwas in antiken Zeiten jemals gegeben hat.

So wie Greedy sich verhält, könnte meine Vermutung sogar zutreffen, denn ich soll im Gleiter warten, während sie im Haus verschwindet, als müsste sie zunächst um eine Audienz ersuchen. Nach einigen Minuten erscheint sie wieder auf der Terrasse vor dem Eingang und winkt mir zu.

Ich folge ihr in die Villa, die schlicht, aber geschmackvoll eingerichtet ist und aus weißem Marmor erbaut zu sein scheint. Natürlich dürfte es sich in Wirklichkeit um eine spezielle Betonitmischung handeln, aber das ist mir in diesem Augenblick ziemlich gleichgültig. Unwillkürlich male ich mir aus, wie ich gleich vor eine orientalische Königin mit juwelenbesetzter Krone und goldbesticktem Satingewand treten werde, die über eine Schar von demütigen Sklaven und Sklavinnen gebietet.

Durch eine luftige Vorhalle erreichen wir ein Atrium mit Gärtchen und Springbrunnen. Und auf der Wiese vor dem Springbrunnen hockt im Schneidersitz die Herrin dieses Anwesens. Natürlich trägt sie weder eine Krone noch ein reiches Gewand, sondern ist nackt wie alle Bewohner dieses Planeten. Trotzdem geht von ihr eine gewisse Majestät aus, die irgendwie zu ihrem Wohnsitz passt.

Das Alter der Frau ist schwer einzuschätzen, aber sie dürfte die Fünfzig bereits überschritten haben. Als wir uns schweigend nähern, öffnet sie die Augen und lächelt uns an. Greedy erwidert das Lächeln und hockt sich ins Farngras. Ich begrüße die Frau mit einem stummen Nicken und setze mich dazu.

»Möchten Sie etwas trinken, Mister Ginjeet?«, fragt mich die Frau mit einer Stimme, in der die Erfahrung eines erfüllten Lebens mitzuschwingen scheint.

»Machen Sie sich keine Umstände«, antworte ich automatisch. Erst dann fällt mir auf, dass ich soeben zum ersten Mal auf diesem Planeten in der Höflichkeitsform angesprochen wurde.

»Ich glaube, das wäre eine gute Idee«, geht Greedy über meine Antwort hinweg, als hätte ich irgendwelchen kindlichen Unsinn von mir gegeben.

Als daraufhin ein schweigender junger Mann aus den Säulengängen tritt und jedem von uns ein Glas Fruchtsaft bringt, wird mir klar, dass ich wirklich Unsinn geredet habe, da ich das Glas fast in einem Zug leere.

»Wie sieht es auf der Erde aus, Mister Ginjeet?«, will die Frau von mir wissen.

»Ach, eigentlich wie immer«, sage ich. »Darf ich Ihrer Frage entnehmen, dass Sie nicht auf Arkadia geboren sind?«

Die Frau lacht mit einer geradezu entspannten Heiterkeit, bevor sie antwortet. »Ich stamme aus Brasilien«, sagt sie. »Mein ursprünglicher Name lautet Jocelyn Rodriguez«, stellt sie sich endlich vor, »aber seit ich auf Arkadia lebe, nennt man mich Aurora, wie den sonnennächsten Planeten dieses Systems.«

Ich muss nicht lange überlegen, in welchem Zusammenhang ich diesen Namen schon einmal gehört habe. »Dann könnten Sie eine Nachfahrin von Jack Rodriguez sein, diesem berühmt-berüchtigten Guru der Nudisten«, spekuliere ich.

Wieder antwortet Aurora mit einem vergnügten Lachen. »Versuchen Sie nicht, mir zu schmeicheln, Mister Ginjeet«, sagt sie und schüttelt nachsichtig den Kopf. »Ich bin Jacks ältere Schwester.«

Ich gebe zu, dass ich gewisse Probleme habe, diese Information zu verarbeiten. »Etwa *die* Jocelyn Rodriguez, die bei der großen Nudistendemonstration 2069 in Rio de Janeiro in erster Reihe marschierte?«, frage ich verblüfft.

Aurora lächelt nur.

»Das ist unmöglich«, sage ich kopfschüttelnd. »Auf dem Herflug habe ich mir das historische Filmmaterial angesehen. Dann müssten Sie ja mindestens ... einhundertfünfzig Jahre auf dem Buck... ich meine, alt sein.«

Aurora lacht laut auf. »Jetzt müsste ich Ihnen sehr böse sein, Mister Ginjeet, weil Sie mich älter gemacht haben, als ich bin!«, erwidert sie mit gespielter Entrüstung.

»Aurora hat vor zwei Monaten ihren einhundertachtundvierzigsten Geburtstag gefeiert, du unhöflicher Rüpel«, wirft Greedy ein.

»Oh!«, entfährt es mir. »Wie kann ich diesen Fauxpas jemals wiedergutmachen?«

»Sag ihr einfach, dass sie keinen Tag älter als hundertdreißig aussieht«, schlägt Greedy vor. »Damit würdest du sie auf ewig glücklich machen.«

»Ich wäre viel glücklicher, wenn ich mich nicht tatsächlich wie hundertfünfzig fühlen würde«, sagt diese erstaunliche Frau. »In letzter Zeit habe ich wieder Probleme mit den Nerven, meine liebe Greedy. Deshalb wollte ich dich fragen, ob du vielleicht ...«

»Ich glaube nicht, dass jetzt der geeignete Zeitpunkt dafür wäre, Aurora«, unterbricht Greedy sie. »Vergiss nicht, dass Adrian Reporter ist.«

»Was soll das heißen?«, frage ich misstrauisch und neugierig zugleich.

»Du zweifelst an seiner Verschwiegenheit?«, fragt Aurora und blickt mir in die Augen. Ich weiß, das klingt etwas abgedroschen, aber es fühlt sich tatsächlich so an, als würde sie einen tiefen Blick in die geheimsten Abgründe meiner Seele werfen.

»Ich bin mir noch nicht ganz sicher, wie ich ihn …«, setzt Greedy zu einer Beurteilung an.

»He! Moment mal!«, protestiere ich, als ich plötzlich den Eindruck habe, wie eine Ware auf dem Vieh- oder Sklavenmarkt gehandelt zu werden. »Ich bin vielleicht ein mieser kleiner verklemmter Macho, aber meine Integrität hat noch niemand in Zweifel gezogen! Ihr glaubt gar nicht, was ich alles in meinen Reportagen *nicht* erwähnt habe! Ich könnte euch meine geheimen Aufzeichnungen zeigen, wenn ich meinen Informanten nicht hoch und heilig versprochen hätte, dass sie niemals oder frühestens in hundert Jahren das Licht der Öffentlichkeit erblicken werden!«

»Heißt das, ich könnte mich darauf verlassen, dass du über … diese Sache nichts schreiben würdest?«, fragt Greedy.

»Selbstverständlich! Ich gebe dir mein journalistisches Ehrenwort!«, antworte ich. »Das heißt, nur wenn keine skandalöse Schweinerei dahintersteckt. In diesem Fall …«

»Keine Sorge«, sagt Greedy. »Ich möchte nur vermeiden, dass zu viel über … meine etwas ungewöhnlichen Fähigkeiten bekannt wird. Zumindest vorläufig.«

Da ich diesen Bericht wegen der leidigen Zensurvorschriften auf der prüden Erde ohnehin noch einmal gründlich überarbeiten muss, kann ich mir auf dem Rückflug immer noch überlegen, ob ich diese Episode kürze oder ganz weglasse. Also werde ich die Ereignisse zunächst authentisch der Reihe nach notieren. Ob Sie die folgenden Passagen jemals zu Gesicht bekommen werden, liebe Leser, kann ich zu diesem Zeitpunkt noch nicht einschätzen.

»Vermutlich wirst du Aurora und mich für völlig übergeschnappt halten, wenn du siehst, was gleich geschieht, aber ich werde dir alles erklären, Adrian«, sagt Greedy, als sie sich aus dem Schneidersitz erhebt und näher an Aurora heranrückt. Dann setzt sie sich mit gespreizten Beinen vor die alte Frau auf den Rasen und nickt ihr zu.

Darauf atmet Aurora einmal tief durch und legt ihre rechte Hand zwischen Greedys Schenkel. Zunächst ist mir nicht ganz klar, was sie dort macht, da Greedys Beine mir teilweise die Sicht versperren. Und ich habe gewisse Hemmungen, meinen

Standpunkt zu wechseln, um den Vorgang aus unmittelbarer Nähe betrachten zu können.

Doch es sieht ganz danach aus, als hätte Aurora soeben ihre Hand in Greedys Vagina geschoben. – Was hat das zu bedeuten? Ist es eine besonders raffinierte Sexualtechnik? Oder vielleicht ein geheimes Ritual arkadischer Lesbierinnen?

»Auf diese Weise kann ich einen intensiveren Kontakt zu Auroras Körper aufnehmen«, erklärt Greedy. »Im Prinzip wäre es auch durch eine Berührung mit den Händen möglich, aber die Zellen in den Schleimhäuten sind wesentlich kommunikativer.«

Natürlich habe ich immer noch keine Ahnung, wovon Greedy eigentlich redet, die jetzt die Augen schließt und sich zu konzentrieren scheint.

»Das eigentliche Problem des Alterns ist die Zellregeneration«, fährt Greedy fort. »Bei früheren Behandlungen konnte ich Auroras Körperzellen ohne besondere Schwierigkeiten reaktivieren. Nur mit den Nervenzellen ist es nicht so einfach, weil ihr Wachstumsprogramm sehr eingeschränkt ist. Hier muss ich sozusagen das genetische Programm der normalen Körperzellen auf die Nervenzellen übertragen, und zwar so, dass sie nicht plötzlich zu wuchern beginnen.«

Danach schweigt sie eine Weile, während sich angestrengte Falten auf ihrer Stirn bilden, als würde sie eine besonders komplizierte Mathematikaufgabe im Kopf zu lösen versuchen.

»So!«, sagt sie schließlich und stößt keuchend den Atem aus. »Mehr kann ich im Augenblick nicht tun. Ich werde in ein paar Tagen noch einmal vorbeikommen, um nachzusehen, ob es funktioniert hat. Wenn du ein Jucken oder Kribbeln spürst, musst du dir keine Sorgen machen, Aurora. Damit machen sich lediglich deine nachwachsenden Nerven bemerkbar.«

»Ich habe bestimmt nichts dagegen, wenn es in meinen alten Gliedern wieder einmal juckt und kribbelt«, sagt Aurora kichernd, als sie langsam ihre Hand hervorzieht und dann Greedy umarmt. »Ich weiß gar nicht, wie ich dir für deine Hilfe danken kann, Greedy.«

»Es ist ein unschätzbares Geschenk für mich, dass du lebst und da bist«, erwidert Greedy.

»Aber du weißt, dass es mir nur durch deine Hilfe möglich ist ...«

Während sich die Frauen in weiteren Dankbarkeitsbekundungen ergehen, versuche ich verzweifelt zu verstehen, was hier vor sich geht. Meine Großmutter mütterlicherseits wird in diesem Jahr einhundertzweiundzwanzig, wenn ich mich nicht verrechnet habe. Dank ihres Gottvertrauens und der Errungenschaften der modernen Medizin erfreut sie sich verhältnismäßig guter Gesundheit und dürfte auch die nächsten zehn Jahre ohne größere Probleme überstehen. Aber man sieht ihr deutlich an, dass sie die Hundert längst überschritten hat, während ich diese Aurora allerhöchstens auf sechzig Jahre geschätzt hätte. Würde sie behaupten, siebzig oder achtzig zu sein, hätte ich es ihr auch noch geglaubt und nicht nur aus Höflichkeit beteuert, dass sie sich für ein solches Alter bemerkenswert gut gehalten hat. Aber einhundertfünfzig? Verzeihung … einhundertachtundvierzig?

Greedys Erklärungen habe ich so viel entnommen, dass sie offenbar direkten Einfluss auf das Wachstum von Körperzellen nehmen kann, sofern sie vorhin nicht nur eine Show abgezogen hat. Aber dann fällt mir wieder die Platzwunde an Greedys Hinterkopf ein, die so bemerkenswert schnell verheilt ist. Und oben auf dem Hochland hätte ich mir ohne jede Übertreibung Frostbeulen am Hintern geholt, wenn ich nicht meinen Belew-Anzug getragen hätte, während Greedy dort völlig nackt und unbeschwert herumspaziert ist.

»Ja, Greedy ist schon ein bemerkenswertes Mädchen, nicht wahr, Mister Ginjeet?«, fragt Aurora schließlich.

»Es sieht ganz danach aus«, lautet meine nicht sehr intelligente Erwiderung.

»Ich weiß selbst nicht genau, wie ich es mache«, sagt Greedy. »Für mich ist es genauso selbstverständlich wie irgendeine Muskelbewegung. Stell dir vor, du müsstest einem nichtmenschlichen Wesen ohne Gliedmaßen erklären, was du eigentlich machst, wenn du einen Finger krümmst.«

»Greedy hat versucht, es mir beizubringen«, sagt Aurora, »als sie noch der Meinung war, dass es im Prinzip jeder erlernen könnte. Sie hat sich wirklich große Mühe damit gegeben …«

»Und du warst eine sehr geduldige Schülerin«, wirft Greedy ein.

»… aber sie hat nicht den geringsten Erfolg bei mir erzielt«, vervollständigt Aurora ihren Satz.

»Für mich klingt das Ganze nach äußerst fortschrittlicher Gentherapie«, bemerke ich. »Rocky hat mir von ganz ähnlichen Möglichkeiten vorgeschwärmt.«

»Rocky macht im Grunde genau dasselbe wie ich«, stimmt Greedy mir zu. »Aber wie du vielleicht weißt, ist es oftmals ein recht langwieriger Prozess, bis die Genmediziner die richtige Balance gefunden haben. Wenn man das Wachstum von Krebszellen stoppen will, muss man aufpassen, dass nicht sämtliche Wachstumsvorgänge im Körper aufhören. Und wenn ich Auroras Zellregeneration anregen will, sollte ich achtgeben, dass ich kein unkontrolliertes Wachstum von Krebstumoren auslöse. Aber ich kann die DNS viel gezielter und feiner als ein Mediziner ansprechen, weil ich sofort den Zusammenhang zwischen Ursache und Wirkung erkenne. Ich kann den genetischen Code eines Menschen wie ein Buch lesen, wie eine Betriebsanleitung für sämtliche körperlichen Funktionen. Und wenn ich eine Funktion korrigieren will, muss ich nur die entsprechende Passage finden und ändern.«

»Heißt das, du kannst die DNS durch reine Willenskraft nach Belieben umprogrammieren?«, frage ich. »Hast du so etwas auch schon mit mir gemacht?«

»Du hast mir ja bisher kaum die Gelegenheit gegeben, deine Genetik zu studieren«, sagt Greedy mit einem verschmitzten Lächeln. »Aber wenn du irgendwelche angeborenen Defekte hast, könnte ich sie bestimmt ausgleichen.«

»Könntest du mir auch Haare auf der Brust wachsen lassen? Oder auf der Nase?«

»Eher würde ich dir kleine spitze Stacheln auf dem Schwanz wachsen lassen, weil das zu dir passen würde«, erwidert Greedy lachend. »Aber im Ernst, ich habe mir irgendwann in meiner Jugendzeit geschworen, meine Fähigkeit nicht für irgendwelchen Unsinn zu verwenden.«

»Aber grundsätzlich könntest du so etwas tun?«

»Grundsätzlich könnte ich alles tun, was biologisch möglich ist.«

»Wow!« Ich bin wirklich platt.

»Kann ich mich darauf verlassen, dass du nichts davon in deiner Reportage erwähnst?«, fragt sie skeptisch.

»Ich muss zugeben, dass es mir schwerfällt, eine solche Sensation zu verschweigen. Aber ich habe dir mein Ehrenwort gegeben und werde es halten.«

»Ich glaube, im Grunde seines Herzens ist Mister Ginjeet ein sehr aufrichtiger Mann«, lautet Auroras Urteil.

Ich bin mir nicht sicher, ob ich der Frau für diese Bemerkung dankbar sein soll.

»Mir wäre es lieber, wenn Adrians Güte nicht nur auf den Bodensatz seines Herzens beschränkt wäre«, wirft Greedy ein.

»Gibt es irgendeinen Hinweis, wie du zu dieser bemerkenswerten Gabe gekommen bist?«, versuche ich das Gespräch auf das Thema Greedy zurückzubringen.

»In dieser Hinsicht tappe ich im Dunkeln, da über meine Herkunft praktisch nichts bekannt ist«, antwortet sie.

»Wir wissen nur das, was uns der alte Suma erzählt hat«, sagt Aurora. »Demnach hat er Greedy eines Tages in der Wildnis von Arkadia aufgelesen und sie als sein Pflegekind aufgezogen. Er behauptete, er hätte in der Nähe die Spuren einer gelandeten Raumfähre gefunden, aber seine Angaben konnten nie bestätigt werden.«

»Könnte es sein, dass er die Unwahrheit gesagt hat?«, bohre ich nach. »Vielleicht ist er Greedys Vater und hatte irgendeinen Grund, warum er es nicht zugeben wollte.«

Aurora wirft Greedy einen langen nachdenklichen Blick zu, als müsste sie sich ihre Antwort genau überlegen. »Es gibt sicher das eine oder andere, was er uns verschwiegen hat«, sagt sie schließlich. »Vor allem, was Greedys Herkunft betrifft, bin ich zunehmend geneigt, seiner Geschichte nicht mehr in allen Punkten Glauben zu schenken.«

Greedy starrt die alte Frau an, als wäre ihr dieser Gedanke noch nie gekommen. »Weißt du mehr darüber, als du bisher zugegeben hast, Aurora?«, fragt sie nach einer Weile mit ungewohnt heiserer Stimme.

Aurora schüttelt den Kopf. »Suma war ein Mann mit vielen Geheimnissen. Obwohl er bereits in den Vierzigerjahren zu uns gestoßen ist, hat er sich nie richtig in die Gemeinschaft von Arkadia integriert, sondern die ganze Zeit als Einsiedler gelebt. Als hätte er uns aus einer gewissen Distanz beobachtet. Er war ein grundguter Mensch und hat uns vor allem in der Anfangszeit sehr viel geholfen, aber ich hatte immer das Gefühl, dass er … eben kein Arkadier war.«

»Wie ist er gestorben?«, frage ich.

»Nun, auch hier gibt es einige Unklarheiten, über die ich in letzter Zeit häufig nachgedacht habe«, sagt Aurora. »Man fand seine Leiche in seinem Haus, nachdem Greedy bereits in die Stadt gezogen war. Alles deutete darauf hin, dass er einen Herzanfall hatte, also wurde auf eine genauere Untersuchung verzichtet. Wie von ihm gewünscht, erhielt er eine Weltraumbestattung, doch als das Raumschiff die Erde erreichte, hatte es einen Passagier mehr an Bord als beim Abflug. Damals vermutete man einen Fehler bei der Buchung und ließ die Sache auf sich beruhen, aber der Vorgang wurde gewissenhaft dokumentiert.«

»Willst du damit andeuten, dass Suma vielleicht gar nicht tot ist?«, fragt Greedy aufgeregt. »Wie heißt dieser Passagier?«

»Sein Name würde dir nicht weiterhelfen, Greedy, da sich seine Spur kurz nach der Landung auf der Erde verliert«, antwortet Aurora. »Ich habe die alten Dateien gründlich durchgesehen, aber wenn es sich tatsächlich um Suma handeln sollte, hat er es geschickt verstanden, seine Spur zu verwischen.«

»Warum sollte er so etwas getan haben?«, fragt Greedy verständnislos.

»Mach dir nicht zu viele Gedanken darüber«, sagt Aurora. »Vielleicht war es tatsächlich nur ein Versehen, ein falscher Eintrag in den Passagierlisten. Vielleicht hat es überhaupt nichts zu bedeuten. Aber es hat mich nachdenklich gemacht, dass es im Zusammenhang mit Sumas Leben und Tod einige ungeklärte Fragen gibt. Ich wollte es dir sagen, solange ich noch die Gelegenheit dazu habe. Falls du eines Tages mehr über ihn erfahren solltest, könntest du einige Überraschungen erleben, meine liebe Greedy.«

Mehr kann oder will Aurora zu diesem Thema nicht sagen, obwohl Greedy noch einige Male nachhakt. Kurz darauf verabschieden wir uns, und während des Rückflugs sitze ich neben einer ungewöhnlich nachdenklichen Greedy.

»Du hast diesen Suma offenbar sehr gemocht«, versuche ich das Gespräch wieder in Gang zu bringen, während der Gleiter einem Fluss folgt, der sich im Licht der Sonne Aura glitzernd durch die Landschaft windet.

»Für mich war er Vater und Mutter zugleich«, sagt Greedy. »Ich habe lange um ihn getrauert, als er starb. Ich vermisse ihn immer noch.«

»Das kann ich sehr gut nachempfinden«, sage ich nur.

»Danke, dass du ausnahmsweise auf einen dummen Spruch verzichtet hast«, erwidert Greedy schniefend und reibt sich eine Träne aus dem Auge.

»Ich bin vielleicht nicht als leuchtendes Vorbild für die Jugend geeignet, aber ich bin auch kein Monstrum«, entgegne ich.

Greedy blickt mich mit leicht geröteten Augen an und legt mir lächelnd eine Hand an die Wange.

»Ich verstehe nur nicht«, sagt sie nach einer Weile, »warum er mich einfach alleingelassen haben soll, falls Auroras Vermutungen zutreffen. Warum hat er mir so etwas angetan?«

»Vielleicht hatte er seine Gründe«, sage ich. »Außerdem warst du zu diesem Zeitpunkt kein kleines Kind mehr, das ohne seine Fürsorge nicht zurechtgekommen wäre.«

»Aber er bedeutet mir immer noch so viel. Ich habe ihm so viel zu verdanken, ganz zu schweigen von meinem Leben.«

»Vielleicht auch deine besonderen Fähigkeiten?«

Greedy zuckt mit einer Schulter. »Schon möglich«, sagt sie. »Er hat mich wie sein eigenes Kind aufgezogen, aber irgendwie hatte ich trotzdem das Gefühl, dass immer ein großer Abgrund zwischen uns war. Ich weiß nicht, wie ich es beschreiben soll. Ich habe ihn nie richtig verstanden.«

»Sag mir auf jeden Fall Bescheid, falls du irgendwann tatsächlich mehr darüber herausfinden solltest«, bitte ich sie. »Und wenn du willst, kann ich mich mal umhören und ein paar gute Quellen anzapfen, wenn ich wieder auf der Erde bin.«

Greedy wirft mir einen langen Blick zu, in dem sich Trauer, Hoffnung und auch ein wenig Angst mischen. Ich kann sehr gut verstehen, dass Auroras Andeutungen ihre Gefühle ziemlich durcheinandergebracht haben.

Schweigend setzen wir unseren Flug fort, bis Greedy mich vor meinem Apartment absetzt und sich verabschiedet. Ich mache mich etwas frisch und diktiere meine Eindrücke des Tages in den Computer. Anschließend versehe ich die unkorrigierte und unzensierte Datei mit einem dreifachen Passwortschutz, um ganz sicher zu sein, dass niemand außer mir seine Nase in Dinge stecken kann, die ihn nichts angehen.

9

Eine Weile später kreuzt July auf und fragt, ob ich Lust hätte, mir eine Aufführung der arkadischen Theatergruppe anzusehen. Anschließend soll eine große Party steigen, bei der alles erscheinen wird, was Rang und Namen auf diesem Planeten hat.

Eigentlich bin ich kein großer Fan der dramatischen Künste und schon gar nicht von Live-Aufführungen, da ich lieber selbst entscheide, wann ich eine Pause brauche, um die Toilette aufzusuchen oder mir etwas aus dem Kühlschrank zu holen.

»Ich denke, ich werde noch ein wenig an meiner Reportage arbeiten und später zur Party dazustoßen«, sage ich zu July.

»Du solltest dir auf keinen Fall eine Kostprobe des arkadischen Theaters entgehen lassen, Adrian«, drängelt sie. »Für die Arbeit an deiner Reportage hast du auf dem Rückflug mehr als genug Zeit.«

»Da wollte ich mir in Ruhe die Aufzeichnungen eures dramatischen Schaffens ansehen.«

»Wozu bist du überhaupt den langen weiten Weg nach Arkadia gekommen, du alter Stinkstiefel?«, schnauzt July mich an und stemmt die Fäuste in die üppigen Hüften. »Setz endlich deinen verdammten kleinen Arsch in Bewegung, sonst mach ich dir Beine!«

Diesem Argument habe ich nichts mehr entgegenzusetzen. Außerdem versöhnt July mich unterwegs mit der Versicherung, dass nur drei ganz kurze Stücke von höchstens einer halben Stunde Dauer aufgeführt werden sollen.

Als wir das kleine Amphitheater erreichen, sehe ich, dass sich schon ein paar Hundert Leute eingefunden haben. Es handelt sich um ein stufenförmig ansteigendes Halbrund, das mit weichem Moos bepflanzt ist, sodass die Zuschauer nicht auf harten Bänken ausharren müssen, sondern bequem sitzen, liegen oder sonst wie herumlümmeln können.

Doch das Erstaunlichste ist, dass ich hier – von Paulos Kälteschutzanzug abgesehen – zum ersten Mal bekleidete Arkadier erlebe, die sich auf dem freien Platz in der Mitte, der offenbar die Bühne darstellen soll, zusammen mit bloßhäutigen Menschen tummeln. Den Grund dafür erfahre ich, als July mich kurz in der Menge allein lässt, um ein paar Bekannte zu begrüßen.

»Du scheinst ein neues Gesicht zu sein«, werde ich von jemandem angesprochen. »Ich kann mich nicht erinnern, dich schon einmal gesehen zu haben, obwohl ich mir eigentlich keine Aufführung entgehen lasse.«

Ich drehe mich zu einem schlaksigen Mann mittleren Alters um, der ein Glas in der Hand hält und mich neugierig mustert.

»Ich glaube, hier liegt eine Verwechslung vor ...«, erwidere ich vorsichtig.

Plötzlich schlägt sich der Mann mit der flachen Hand vor die kahle Stirn. »Entschuldigung«, sagt er lachend. »Du bist bestimmt dieser Reporter von der Erde ... Ginger oder so ähnlich.«

»Adrian Ginjeet von *Trash Universe*«, stelle ich mich vor.

»Angenehm!«, sagt er und reicht mir die Hand. »Doktor Ken B. Hart, der führende Paläobiologe von Arkadia.«

»Ich bin beeindruckt«, antworte ich höflich.

»Das will ich hoffen«, sagt er lächelnd. »Schließlich bin ich der einzige Wissenschaftler, der sich jemals an dieses undankbare Thema herangewagt hat.«

»Das überrascht mich nicht«, sage ich. »Mit spektakulären Dinosaurierfunden dürfte hier wohl nicht zu rechnen sein.«

»Richtig. Ich bin schon froh, wenn ich hier ein Stückchen Holz finde, das älter als hunderttausend Jahre ist. Die Bedingungen für Versteinerungen sind auf Arkadia denkbar schlecht.«

»Na, dann gut Holz!«, sage ich, nachdem mir jemand ein Glas Mooslikör in die Hand gedrückt hat und ich mit Ken anstoßen kann.

»Im Augenblick untersuche ich einige sehr interessante Ablagerungen, die etwas über eine Milliarde Jahre alt sein dürften«, erzählt Ken. »Eine schwierige Aufgabe, da sie chemisch sehr stark verändert sind.«

»Und vermutlich sehr spannend«, sage ich, während ich hoffe, dass mein Sarkasmus nicht zu deutlich zutage tritt.

»Spannender als du ahnst«, erwidert Ken grinsend. »Verschiedene Spuren deuten darauf hin, dass in der Frühzeit von Arkadia tierisches Leben existiert haben könnte.«

Allmählich habe ich die Nase voll von all den Leuten, die krampfhaft versuchen, sich für die Abwesenheit von Sensationen zu begeistern. Diese Gespräche erinnern mich frappierend an ein Interview mit einem sogenannten Experten, der mir verzweifelt klarmachen wollte, was an der minimalistischen Kunst des späten zwanzigsten Jahrhunderts so spannend sein soll.

»Das wäre sicherlich eine bahnbrechende Erkenntnis«, antworte ich und suche unauffällig nach July, damit sie mich von diesem Menschen erlöst, der meine Geduld und Höflichkeit auf eine harte Probe stellt.

»In der Tat«, redet Ken unbeirrt weiter. »Wenn sich nämlich herausstellen sollte, dass ein bestimmter Faktor dafür verantwortlich war, dass das tierische Leben auf diesem Planeten ausgestorben ist, könnte genau dieser Faktor irgendwann zu einem Problem für die menschlichen Kolonisten werden.«

An diesen Aspekt habe ich natürlich noch gar nicht gedacht. »Meinst du, die arkadische Pflanzenwelt ist vielleicht gar nicht so paradiesisch, wie sie aussieht?«, frage ich interessiert.

»Zumindest könnte ich etwas ruhiger schlafen, wenn ich wüsste, wie es zu dieser ungewöhnlichen Evolution gekommen ist.«

»Ich bin mir nicht mehr sicher, ob ich dir Erfolg für deine weitere Arbeit wünschen soll«, sage ich.

Er lacht. »Ah!«, ruft er dann, als er offenbar jemanden in der Menge entdeckt hat. »Da ist ja meine Liebste!«

Ich erkenne eine Frau, die genau auf uns zukommt. Sie hat langes, wallendes rotblondes Haar – möglicherweise eine Perücke – und trägt einen weiten Reifrock und eine goldfarbene Korsage, die ihr Dekolleté wunderbar zur Geltung bringt. Und wieder wird mir bewusst, dass ich diesen Anblick überaus reizvoll finde, obwohl ich hier überall unverhüllte Brüste bewundern könnte.

»Wer hat dich denn in dieses bescheuerte Kostüm gesteckt?«, fragt die Frau und legt einen Arm um die nackte Hüfte ihres Partners. »Oder gehörst du zu den Musicalfreaks?«

»Er ist kein Schauspieler, auch wenn er so aussieht«, klärt Ken sie auf, bevor ich etwas erwidern kann, und stellt sie als Barbie vor. Sie ist die Leiterin der arkadischen Theatergruppe und hat zwei der Stücke inszeniert, an denen wir uns in Kürze erfreuen dürfen.

»Ken und Barbie? Ist das euer Ernst?«, frage ich nach.

»Eigentlich heiße ich Bert«, sagt Barbie und reckt den Oberkörper, was zur Folge hat, dass ihre Brüste aus der Korsage springen. »Die habe ich mir machen lassen, aber hier unten ist noch alles im Naturzustand.« Sie zieht die Korsage wieder über den Busen, wodurch der Reifrock plötzlich vorn aufklappt und ein frei schwingendes männliches Gehänge offenbart.

»Verstehe ...«, sage ich zögernd. »Und ich dachte schon, ich treffe endlich mal eine Arkadierin, die wirklich sexy aussieht.«

»Hast du damit irgendein Problem?«, fragt Barbie mit gerunzelter Stirn. »Ich dachte nämlich, ich müsste mich für nichts mehr rechtfertigen, seit ich von der Erde nach Arkadia ausgewandert bin.«

Das ist schon das zweite Mal, dass ich auf diesem Planeten mit einer Person aneinandergerate, die auf irgendeine Weise trans ist. Liegt es an mir, oder übertreibt es diese Barbie auf ähnliche Weise wie Rocky mit der Selbstdarstellung? Wobei ich zugeben muss, dass mir Erstere erheblich sympathischer ist als Letztere. Vielleicht ist sie ein bisschen empfindlich, was angesichts der schlechten Erfahrungen, die sie angedeutet hat, sogar verständlich wäre.

»So war das nicht gemeint«, versuche ich mich aus dem Fettnäpfchen zu befreien, in das ich völlig unbemerkt hineingetappt bin. »Ich wollte damit nur sagen ... als alles noch hübsch verpackt war, fand ich es irgendwie ... reizvoller.«

»Also wäre der Schreck etwas später gekommen, wenn du versucht hättest, es auszupacken«, sagt Barbie.

»Es wäre schon eine Überraschung gewesen«, gebe ich ehrlich zu, »aber vielleicht hätte ich mich sogar drauf eingelassen. In Wirklichkeit bin ich gar nicht so verklemmt, wie ich offenbar wirke.«

»Ich kann es mir nur schwer vorstellen, weil du tatsächlich so wirkst«, bemerkt Barbie.

»Du weißt doch, dass die Leute auf der Erde hinter dem Mond leben«, wirft Ken ein. »Aber zum Glück hat Arkadia keinen Mond.«

»Ich glaube, ich sollte jetzt meine Leute zusammentrommeln«, sagt Barbie und sieht mich an. »Und du könntest deinen Patzer wiedergutmachen, indem du eine gute Kritik über unsere

Aufführung schreibst. Hier in der Provinz können wir etwas moralische Unterstützung gut gebrauchen.«

»Ich werde mir Mühe geben«, lautet meine vorsichtige Antwort. Mehr kann ich nicht versprechen.

Schließlich haben sich die Nackten auf die Zuschauerränge und die Bekleideten hinter den Bühnenaufbau zurückgezogen. July hat mich in der Menge wiedergefunden und zu einer Gruppe gezerrt, die aus einigen ihrer Schwestern und sonstigen Verwandten sowie deren Freunden und Greedy besteht. Ich komme mir zwischen July und August, die sich offenbar redlich bemüht, ihrer dreizehn Monate älteren Schwester in puncto Körperfülle nachzueifern, etwas verloren vor, und harre skeptisch der Dinge, die da kommen sollen.

Das erste Stück trägt den Titel *Ham Lets It Down*, eine angebliche Parodie auf Shakespeare. Die Komik beschränkt sich jedoch fast ausschließlich darauf, die Schauspieler in ihren Kostümen auf der Bühne herumstolpern zu lassen. Sie fliegen laufend auf die Nase, wenn sie sich in einem Rocksaum oder den Beinkleidern verheddern. Der Königin, dargestellt von Barbie, hüpfen ständig die Titten aus der Korsage, wie ich es bereits aus nächster Nähe beobachten durfte, und dem Titelhelden rutscht immer wieder die Hose herunter, vor allem während des berühmten Monologs. Das arkadische Publikum tobt vor Begeisterung, während ich der Aufführung verständlicherweise nur wenig abgewinnen kann.

Ich überlege schon, wie ich mich in der Pause unbemerkt aus dem Staub machen könnte, aber August entlässt mich keinen Augenblick aus ihren Fängen, während sie mir die Feinheiten des arkadischen Humors näherzubringen versucht – natürlich ohne großen Erfolg. Doch schon kurz nach Beginn des zweiten Stücks vergesse ich meine Fluchtpläne, denn plötzlich verfolge ich gebannt, was sich auf der Bühne abspielt.

Es handelt sich um den Einakter *Leben und Sterben* von Mateh Kudesai, der die Geschichte einer modernen afrikanischen Familie erzählt. Vielleicht kennen Sie das Stück genauso wie ich in der Aufzeichnung der berühmten Aufführung des Theaters von Nairobi, die Kudesai selbst inszeniert hat. Doch hier auf Arkadia habe ich das Gefühl, dieses Drama zum ersten Mal in sei-

2B
2B

ner elementaren Form zu erleben. Für diese Inszenierung hat die Regisseurin – die wenig überraschend die Nebenrolle der transsexuellen Temah übernommen hat – völlig auf Kostüme verzichtet, und hier wird mir zum ersten Mal klar, was diese arkadischen Schauspieler können. Durch die Nacktheit der Akteure werden die Gefühle der Figuren und ihre Konflikte buchstäblich bloßgelegt. Vor allem die sexuellen Spannungen kommen viel klarer zum Ausdruck und werden bis zum Letzten ausgespielt. Es geht recht heftig zur Sache, aber für mich ist diese Aufführung der endgültige Beweis, dass die Darstellung von sexuellen Handlungen nichts mit schnöder Pornografie zu tun haben muss. Sex ist eine Realität, die jeden Augenblick unseres Lebens bestimmt.

Zum Schluss gibt es einige Kostproben aus einem arkadischen Musical über die Nudistenbewegung, das noch in Arbeit ist, wie der Leiter der Tanzgruppe zu Anfang erklärt. Ich verstehe nicht viel von Musik, aber es klingt ganz nett. Auch die Choreografie kann sich sehen lassen. Die Tänzer müssen über eine ausgesprochen gute Körperbeherrschung verfügen, wird mir klar, denn die nackten Brüste und Schwänze hüpfen keineswegs unkontrolliert durch die Gegend, sondern fügen sich zu meinem Erstaunen harmonisch in die übrigen Bewegungen ein. Aber schließlich sind es die meisten Arkadier von Kindesbeinen an gewöhnt, beim Herumtollen auf ihre frei schwingenden Weichteile Rücksicht zu nehmen.

Bereits während des Schlussapplauses wird die Bühne von den Zuschauern gestürmt, die sich nun einen Spaß daraus machen, im Fundus zu stöbern und sich zu verkleiden. Es ist wie im Karneval.

Ich hätte fast den Inhalt meines Glases verschüttet, als mir plötzlich jemand in den Hintern zwickt. Es ist August, die sich einen Zylinder aufgesetzt und einen Frack mit langen Schößen übergezogen hat. Auf eine Hose hat sie jedoch verzichtet – vermutlich, weil sie ihre strammen Schenkel niemals hineinbekommen hätte. Nur mit Mühe kann ich mich ihrer aufdringlichen Hände erwehren. Entweder hat July sie nicht vor mir gewarnt, oder August hat beschlossen, die Ratschläge ihrer nächstälteren Schwester in den Wind zu schlagen. Zum Glück wird sie kurz darauf von einem alten Bekannten in die Arme geschlossen, den sie offenbar lange nicht gesehen hat, sodass ich mich aus dem Staub machen kann, während ihre Aufmerksamkeit für einen Moment von mir abgelenkt ist.

Ich halte in der Menge Ausschau nach einem vertrauten Gesicht, in dessen Nähe ich mich zumindest für eine Weile in Sicherheit fühlen könnte, und entdecke Greedy neben der Bühne. Zuerst hätte ich sie kaum wiedererkannt, weil sie eine schwarze Kunstlederjacke, schenkellange schwarze Stiefel und eine Perücke aus langen schwarzen Haaren trägt. Doch ausgerechnet die Stellen, die durch Kleidung verdeckt sein sollten, sind bei ihr weiterhin nackt. Aber ich finde, ihr blanker Hintern zwischen Jacke und Stiefeln wirkt jetzt ausgesprochen sexy. Ich habe doch schon immer gesagt, dass weniger viel mehr sein kann! Nicht auszudenken, was sie beim männlichen Teil der Bevölkerung anrichten würde, sollte sie tatsächlich einmal auf die Idee kommen, mit ihren Reizen zu geizen.

Es geschieht nicht nur aus Sorge um die Stabilität meines Kreislaufs, dass ich mich nicht zu ihr geselle. Der Grund ist vielmehr ihr angeregtes Gespräch mit dem Darsteller des Hamlet. Und die Tatsache, dass ihm – natürlich rein zufällig – wieder die Hose herunterrutscht, worauf sich die beiden kaputtlachen und sich in die Arme fallen. Viel mehr stört mich jedoch, wie die beiden nun ihre nackten Hüften aneinanderpressen – und wie unverfroren Hamlet Greedys nackten Arsch tätschelt.

Sie denken jetzt hoffentlich nicht, dass mich dieser Anblick eifersüchtig macht! Es wäre mir sehr peinlich, wenn ich tatsächlich so leicht zu durchschauen wäre …

Dann fragt mich kurz darauf ein junger Bursche, ob er meine Hose anprobieren dürfte. Er wirkt ein wenig vor den Kopf gestoßen, als ich diese Bitte entschieden zurückweise, weil ich mir Sorgen mache, ob ich meinen teuren Belew-Anzug jemals wiedersehen würde.

Da ich ausgiebig von den angebotenen Getränken gekostet habe, muss ich mich irgendwann auf ein stilles Örtchen zurückziehen. Im hinteren Bereich des Bühnengebäudes finde ich schließlich eine entsprechende Einrichtung. Als ich mich erleichtert habe und aus der Kabine komme, treffe ich Thela wieder.

Habe ich schon erwähnt, dass die arkadischen Toiletten zwar wie gewohnt in private, verschließbare Kabinen aufgeteilt sind, aber ansonsten auf die Unterscheidung zwischen Damen und Herren verzichten? Zu meiner eigenen Überraschung stört es mich kaum, dass ich nicht unter meinesgleichen bleibe. Schließlich kann man seinen Geschäften wie gewohnt unter Ausschluss der Öffentlichkeit nachgehen. Es erleichtert mich, dass sich die Arkadier und ich zumindest in dieser Hinsicht an die gleichen Anstandsregeln halten.

Thela hat sich ebenfalls am spontanen Karneval beteiligt und ein pinkfarbenes Ensemble aus Netzstrümpfen, Strapsen und offenem Büstenhalter angelegt.

»Hübsch«, sage ich anerkennend.

»Das kann ich von dir leider nicht behaupten«, erwidert sie, nachdem sie meinen gewohnten Aufzug kritisch gemustert hat.

»Meinst du, daran würde sich etwas ändern, wenn ich mir deine Strapse ausborge?«, kontere ich.

»Ach, Adrian!«, sagt sie, nachdem sich unser Lachanfall gelegt hat. »Ich wünschte, du würdest nicht schon in ein paar Tagen zurückfliegen.«

»Gib dir keine Mühe, Thela. Aus mir wird nie ein ordentlicher Arkadier.«

»So meine ich das gar nicht«, sagt sie mit besorgter Miene. »Ich bin mir nicht mehr sicher, ob ich wirklich hierbleiben will.«

»Ich dachte, du hättest dich wieder mit Frank vertragen.«

»Eigentlich schon, aber …«, erwidert sie zögernd und schüttelt dann den Kopf. »Vielleicht erzähle ich dir später davon.«

»Wie du meinst«, gebe ich es auf, diese Frau verstehen zu wollen. »Schrei einfach, wenn du meine Hilfe brauchst. Du kannst dich auf mich verlassen – das heißt, solange ich noch in Rufweite bin.«

»Vielen Dank, Adrian.«

Ich liebe Frauen, die meinen männlichen Beschützerinstinkt ansprechen. Aber ich glaube, das hatte ich bereits irgendwo erwähnt …

Nachdem ich mir einen neuen Drink organisiert habe, mische ich mich wieder unter die Menge. Während ich einem älteren Arkadier, der auf der Erde geboren wurde, erklären soll, was sich dort in den letzten fünfzig Jahren alles verändert hat, sehe ich, wie Greedy aus einer Garderobe neben der Bühne kommt.

Als sie mich erkennt, winkt sie mir grinsend zu und dreht sich um. Dann kommt hinter ihr Hamlet aus derselben kleinen Kammer und knöpft sich im Gehen die Hose zu.

»Du musst meine Frage nicht beantworten, wenn sie dir peinlich ist«, sagt der alte Arkadier.

»Entschuldigung, ich war für einen Moment abgelenkt.« Ich atme einmal tief durch und beschließe, dass es mir völlig gleichgültig ist, was Greedy und Hamlet dort im Kämmerlein getrieben haben könnten.

Als ich endlich den Faden des unterbrochenen Gesprächs wiedergefunden habe, wird meine Aufmerksamkeit erneut abgelenkt, denn plötzlich entsteht Unruhe im hinteren Bühnenbereich. Ich vertröste meinen interessierten Zuhörer auf später, weil mich mein im Laufe langjähriger journalistischer Arbeit verfeinerter Sensationsinstinkt nun zielstrebig zum Ausgangspunkt des Tumults treibt. Gleichzeitig spüre ich, wie ein ungutes Gefühl in meiner Magengegend immer stärker wird. Dann finde ich mich in einer kleinen Menge wieder, die sich vor der Tür zu ebenjener Toilette versammelt hat, die ich vor wenigen Minuten verlassen habe. Als die Arkadier mich bemerken, machen sie mir Platz, sodass sich für mich eine Gasse öffnet, als würde meine bloße Anwesenheit einen hypnotischen Zwang auf die Menschen ausüben.

Im Hintergrund des Waschraums vor den Kabinen steht eine schluchzende junge Frau, die von einem älteren Mann getröstet wird. Am Boden knien einige Leute, die ebenfalls aufstehen und zurückweichen, als sie mein Eintreffen bemerken.

Nun kann ich ungehindert den Grund für die Aufregung erkennen. Es ist Thela Hun.

Das allein wäre natürlich kein hinreichender Grund für diesen Menschenauflauf. Es ist vielmehr ihr zertrümmerter Schädel und das Blut, das sich in einer Lache über den gekachelten Fußboden ausgebreitet hat. Unwillkürlich denke ich, dass es aussieht, als wären ihre langen Haare plötzlich nachgewachsen – diesmal jedoch nicht in schwarzer, sondern in roter Farbe.

Mir ist klar, dass Thela keineswegs auf dem glatten Fußboden ausgerutscht und unglücklich gestürzt sein kann. Dabei hätte sie sich bestenfalls eine Gehirnerschütterung und schlimmstenfalls eine Schädelfraktur zugezogen. Auch so etwas kann durchaus tödlich enden, aber anschließend braucht man niemanden mit starken Nerven, um das Blut und die anderen unappetitlichen Reste zu beseitigen. Nein, es besteht kein Zweifel, dass hier jemand kräftig nachgeholfen hat.

Falls Sie jetzt denken, dass ich ziemlich kaltschnäuzig auf diesen nicht sehr erfreulichen Anblick reagiere, sollte ich vielleicht erwähnen, dass ich während meiner Zeit als Polizeireporter ganz andere Sachen erleben durfte. Trotzdem können Sie mir glauben, dass mir dieser spezielle Fall besonders nahegeht, aber ich werde den Teufel tun und meine intimsten Empfindungen in diesem Augenblick vor Ihnen auszubreiten. Ich fühle mich als Reporter zwar der Wahrheit verpflichtet, aber ich muss Ihnen schließlich nicht alles erzählen, was mein Herz bewegt.

Die Nachricht muss sich in Windeseile verbreitet haben, denn erst jetzt bemerke ich, dass jemand die Hintergrundmusik der Party abgestellt hat und es bedrückend still geworden ist. Deshalb blicken sich alle Anwesenden plötzlich um, als an der Tür neue Unruhe entsteht und Frank sich durch die Menge schiebt – offenbar gegen den Widerstand einiger Leute, die ihn zurückzuhalten versuchen.

Er ist bemerkenswert ruhig, als er vor seiner toten Freundin steht. Ich sehe noch, wie jemand ihm tröstend einen Arm um die Schulter legt, als ich von hinten angesprochen werde.

»Adrian, ich muss dir eine Frage stellen«, höre ich, und als ich mich umdrehe, sehe ich, dass July sich in voller Lebensgröße vor mir aufgebaut hat. »Ron behauptet, er hätte gesehen, dass du diese Toilette verlassen hast, kurz nachdem Thela sie betreten hat.«

Ich schaue mich um und entdecke sofort den Mann mit dem knappen Slip aus feiner Spitze und den breiten Schultern, der mich mit anklagendem Blick fixiert.

»Ja, ich erinnere mich an ihn«, antworte ich wahrheitsgemäß. »Bei seinem Anblick hatte ich mich gefragt, ob er den passenden BH nicht gefunden hat, oder ob ihm die Körbchengröße zu klein war.«

»Ich glaube, jetzt ist nicht der richtige Augenblick für dumme Sprüche, Adrian!«, erwidert July streng.

»Tut mir leid, aber das konnte ich in jenem Augenblick noch nicht ahnen.«

July gibt sich alle Mühe, die Ruhe zu bewahren. »Ich vermute, damit willst du andeuten, dass du Thela nicht umgebracht hast«, sagt sie.

»Natürlich habe ich es nicht getan!«, erwidere ich. »Aber dir sollte klar sein, dass jeder der hier Anwesenden dasselbe behaupten wird, einschließlich des Mörders. Allerdings gebe ich zu, dass ich sie vermutlich als Letzter lebend gesehen habe – vor ihrem Mörder, meine ich.«

Falls Sie sich wundern, warum ich nicht jedes Verdachtsmoment entschieden von mir weise, muss ich Ihnen sagen, dass so etwas vielleicht in billigen Kriminalromanen funktioniert. Im wahren Leben führt eine solche Taktik bestenfalls dazu, dass man sich immer tiefer in den Schlamassel hineinreitet.

»Aber diesen angeblichen Mörder hast du nicht gesehen?«, fragt July.

»Hör mal, July, du solltest dir wirklich etwas intelligentere Fragen ausdenken, wenn du mit deinen Nachforschungen weiterkommen willst. Gibt es denn auf Arkadia niemanden, der sich mit polizeilichen Ermittlungsstrategien auskennt?«

»Leider nicht«, sagt sie. »Oder besser, zum Glück nicht, denn so etwas ist im Verlauf unserer sechzigjährigen Geschichte noch nie vorgekommen.«

»Dann sollte ich dich vielleicht diskret darauf hinweisen, dass es eine gute Idee wäre, als Erstes den Tatort für die Öffentlichkeit zu sperren, damit keine eventuellen Spuren verwischt werden. Dann solltest du nacheinander und gezielt die Zeugen befragen. Aber da ich allem Anschein nach in die Rolle des Hauptverdächtigen hineingeschlittert bin, ist es eigentlich nicht meine Aufgabe, solche Vorschläge zu machen.«

July scheint endlich klar zu werden, dass sie dieses unverhofft aufgetretene Problem nur mit deutlich besserer Organisation lösen kann. Also scheucht sie zunächst einmal alle Leute hinaus, die nicht unmittelbar mit der Angelegenheit zu tun haben.

Erst jetzt bemerke ich, dass sich auch Greedy am Tatort eingefunden hat. Sie hat die Perücke und die Kunstlederjacke in eine Ecke des Raumes geworfen, sodass sie nur noch die langen Stiefel trägt, was in dieser Situation irgendwie deutlich unangemessener wirkt, als wenn sie völlig nackt gewesen wäre. In ihrem Gesicht mischen sich Trauer, Entsetzen und eine tiefe Erschütterung. Als ich sehe, dass ihre Hände blutig sind, starre ich sie bestürzt an. Sie erwidert meinen Blick und ist eine Weile genauso unschlüssig wie ich.

»Ich konnte ihr nicht mehr helfen«, sagt sie schließlich und betrachtet nachdenklich Thelas Blut an ihren Fingern.

»Aber du hast es versucht.« Ich weiß nicht, ob ich diese Worte wie eine Frage oder wie eine Tatsachenfeststellung betonen soll.

»Einen Messerstich ins Herz könnte ich vielleicht heilen«, sagt sie betrübt. »Aber bei einer so schweren Verletzung gibt es keine Hilfe mehr.«

»Ja, hier scheint jemand gründliche Arbeit geleistet zu haben«, bestätige ich nachdenklich.

»Du weißt Bescheid«, sagt sie.

Natürlich wird mir sofort klar, worauf sie hinauswill. Wenn Greedy in der Nähe ist, sollte ein Mörder dafür sorgen, dass nicht mehr viel übrig bleibt, was sie vielleicht noch wiederbeleben könnte. »Aber ich bin nicht der Einzige«, entgegne ich.

»Aber du hättest vielleicht einen Grund«, sagt sie. Es klingt nicht wie eine hasserfüllte Anklage, sondern wie die Feststellung einer Möglichkeit, die man auf keinen Fall außer Acht lassen sollte.

»Was willst du damit andeuten, Greedy?«, fragt July, die während unseres Gesprächs zögernd nähergekommen ist.

Greedy wirft mir einen kurzen Blick zu, als wäre sie sich nicht sicher, wie sie zu ihrem Verdacht stehen soll.

»Thela hat die vergangene Nacht bei Adrian verbracht«, erklärt sie zögernd. »Er könnte gehofft haben, dass sie mit ihm zur Erde zurückkehrt. Aber heute früh scheint sie sich wieder mit Frank vertragen zu haben.«

»Du meinst, er könnte sie getötet haben, weil sie mit einem anderen Mann zusammen sein wollte?«, fragt July verwundert. »Warum sollte er so etwas tun?«

»Mord aus Eifersucht«, sage ich mit einem Schulterzucken. »So etwas kommt in den besten Kreisen vor.«

»Aber nicht auf Arkadia«, erwidert Greedy.

»Irgendwann ist immer das erste Mal«, kontere ich.

»Es ist allerdings ein merkwürdiger Zufall, dass der erste Mord auf Arkadia ausgerechnet zu einem Zeitpunkt geschieht, während sich ein Besucher von der Erde hier aufhält«, wirft July ein.

»Das ist es in der Tat«, muss ich ihr zustimmen. »Aber genau diesen günstigen Umstand scheint der Mörder für seine Zwecke ausgenutzt zu haben.«

»Du meinst, er wollte dir den Mord in die Socken schieben?«, fragt Greedy.

»In die Schuhe«, erwidere ich und reiße mich zusammen, um nicht zu grinsen oder gar laut zu lachen. »Du selbst hast miterlebt, dass Thela gestern Abend wegen irgendeiner Sache sehr beunruhigt war. Und als ich vorhin mit ihr gesprochen habe, deutete sie an, dass sie inzwischen nicht mehr so sehr von ihrem neuen Leben auf Arkadia begeistert war.«

»Und?«, fragt July. »Hat sie dir gesagt, was sie so sehr beunruhigt hat?«

»Da dieser Punkt erheblich zu meiner Entlastung beitragen würde, hätte ich ihn dir bestimmt nicht vorenthalten«, entgegne ich.

»Du machst es mir nicht gerade leicht, an deine Unschuld zu glauben«, gibt July zurück.

»Niemand hat behauptet, dass es eine leichte Sache ist, einen Mordfall zu untersuchen«, sage ich. »Daher solltest du allen Verdachtsmomenten nachgehen, auch wenn zugegebenermaßen vieles dafür spricht, dass ich es gewesen sein könnte. Und du solltest nicht vergessen, dass es durchaus im Interesse des Mörders liegt, möglichst wenig Verdacht zu erregen.«

»Leider gibt es einen weiteren Punkt, der Adrian belastet«, sagt Greedy. »Gestern Abend hat er mich mit einer recht heftigen Reaktion überrumpelt, und dabei habe ich mir den Hinterkopf aufgeschlagen. Das beweist, dass er über genügend aggressive Energie verfügt, um einen Mord zu begehen. Und er wusste, dass er bei Thela kräftiger zuschlagen muss, weil ich sie ansonsten vielleicht hätte retten können.«

»Natürlich bin ich nicht gerade begeistert, dass du diesen buchstäblich wunden Punkt angesprochen hast«, sage ich, »aber ich muss zugeben, dass ihr beiden allmählich dazulernt. Wenn ihr die übrigen Verdächtigen genauso kritisch unter die Lupe nehmt, werdet ihr einen großen Schritt weiterkommen.«

»Wenn du weiterhin solche unerwünschten Bemerkungen von dir gibst, werde ich mir überlegen, wie ich dir deine große Klappe stopfen kann!«, droht July mir.

»Das dürfte *für dich* in der Tat überhaupt kein Problem sein«, erwidere ich spontan und verziehe die Mundwinkel zu einem gehässigen Grinsen, während ich July von oben bis unten mustere.

»Was willst du damit andeuten, du mieser kleiner Giftzwerg?«, grollt July und kommt einen Schritt näher.

»Wenn du mich mit deinen Fettmassen gegen die Wand drückst, dürfte von mir nicht mehr viel übrig bleiben, womit ich dumme Sprüche machen könnte«, gebe ich zurück.

»Ich werde dir zeigen, was du mit deinen dummen Sprüchen erreichst!«, sagt July und macht einen weiteren Schritt auf mich zu. Eigentlich hatte ich mir vorgenommen, mich nicht von der Stelle zu rühren, aber ihre Drohung ist so eindrucksvoll, dass ich doch zurückweiche und mit dem Rücken gegen die Wand stoße.

»Ich habe genau das erreicht, was ich erreichen wollte«, sage ich mit einer Mischung aus Triumph und Erleichterung. »Zunächst möchte ich mich von ganzem Herzen für mein Verhalten entschuldigen, July. Und dann möchte ich, dass du noch einmal deine Behauptung wiederholst, Arkadier wären nicht zu aggressiven Handlungen in der Lage.«

Julys Gesichtsausdruck verrät unzweifelhaft, dass dieser Punkt an mich geht.

Schließlich habe ich July, die allem Anschein nach die offizielle Leitung der Ermittlungen übernommen hat, davon überzeugt, auch mit Frank zu reden und mit aller gebotenen Rücksicht das Gespräch auf die Frage zu lenken, was der Grund für ihren gestrigen Streit war.

Inzwischen haben die meisten Gäste das Amphitheater verlassen, sodass sich nur noch etwa zwei Dutzend Personen, die irgendwie mit der Sache zu tun haben, auf der Bühne aufhalten. Ich bleibe dezent im Hintergrund, als July sich zu Frank setzt, da mir völlig klar ist, dass sich sein Zorn in erster Linie gegen mich richten wird.

»Glaubst du wirklich, dass ich zu einer solchen Tat fähig wäre?«, frage ich Greedy, die mich wie ein Wachhund umschleicht, seit wir den unmittelbaren Tatort verlassen haben.

»Zumindest erkenne ich keinen klaren Widerspruch zu deinem bisherigen Verhalten – insbesondere mir gegenüber«, antwortet sie.

»Ich weiß, dass ich nicht gerade über vorbildliche Charaktereigenschaften verfüge. Aber du kannst mir glauben, dass ich niemals wegen einer Frau zum Mörder würde. Dazu gibt es einfach zu viele Frauen im Universum.«

»Es soll Menschen geben, die sich auf ganz besondere Weise mit einer speziellen Person verbunden fühlen«, sagt Greedy.

»Davon habe ich auch schon gehört. Aber wenn ich zu dieser Art von Menschen gehören würde, hätte ich stattdessen Frank umgebracht, damit Thela anschließend in ihrer Verzweiflung Zuflucht an meiner starken Schulter sucht.«

»Stimmt«, bestätigt Greedy. »Das hätte ich dir eher zugetraut.«

»Danke, dass du wenigstens einen Punkt gefunden hast, der für meine Unschuld spricht.«

»Keine Ursache«, sagt sie. »Du scheinst Frank in Verdacht zu haben, wenn ich deine Andeutungen richtig verstanden habe.«

»Nun, im Gegensatz zu dir und July weiß ich genau, dass ich nicht der Mörder bin. Daher muss sich mein Verdacht gegen jemand anderen richten.«

»Warum sollte er die Frau töten, die er liebt?«

»Es soll Menschen geben, die das, was sie schätzen, lieber zerstören, ehe sie es verlieren.«

»Und für dich kommt ein solches Motiv nicht infrage?«

»Ich bin in solchen Dingen eher praktisch orientiert«, erwidere ich.

»Vielleicht würdest du für eine gute Story über Leichen gehen«, spekuliert Greedy weiter. »Bisher ist auf Arkadia nicht viel passiert, aber jetzt hast du einen fantastischen Knüller für deine Reportage.«

»Scheiße ... ja ... verdammt! Aber eigentlich wollte ich nie wieder über Kriminalfälle schreiben. Aus genau diesem Grund bin ich zu *Trash Universe* gegangen, weil mir das pralle Leben wesentlich angenehmer ist als der nackte Tod.«

Natürlich ist das nicht die ganze Wahrheit, da ich bestimmt ein besseres Honorar aus Bob Bruford herauskitzeln kann, wenn er meine Story unter der Schlagzeile *Mord auf Arkadia – Das En-*

de des Paradieses verkaufen kann. Und wenn Sie mich jetzt entsetzt einen sensationsgeilen Zeilenschinder schimpfen, liebe Leser, sollten Sie sich schleunigst an die eigene Nase fassen. Ich kann mir nämlich kaum vorstellen, dass Sie die Lektüre meiner Reportage ausgerechnet an der Stelle abgebrochen haben, als ich so unverhofft vor Thelas Leiche stand.

Dann kommt July zu uns zurück und berichtet von ihrem Gespräch mit Frank. Wie ich bereits erwartet habe, besteht für ihn kaum ein Zweifel daran, dass ich seine geliebte Thela aus glühender Eifersucht gemeuchelt habe. Auf Julys Frage nach dem Grund für ihr gestriges Zerwürfnis hat er keine klare Antwort gegeben, sondern sich mit irgendeinem »privaten Missverständnis« herausgeredet.

»Diesen Punkt musst du unbedingt weiterverfolgen«, sage ich zu July. »Da ist irgendwas faul. In solchen Dingen hat mich meine Nase noch nie im Stich gelassen.«

»Ich habe ihn mehrmals danach gefragt«, rechtfertigt sich July. »Aber er bestand darauf, dass es ein ganz normales Beziehungsproblem sei, das niemanden etwas angeht.«

»Ein Mord ist meistens eine sehr private Angelegenheit«, sage ich. »Aber in der Regel gibt sich die menschliche Gesellschaft nicht damit zufrieden, die Sache deshalb auf sich beruhen zu lassen. Wenn du ein solches Verbrechen aufklären willst, musst du dich zwangsläufig in sehr private Angelegenheiten einmischen.«

»Danke für diesen freundlichen Hinweis!«, erwidert July mürrisch. »Und was soll ich deiner Meinung nach als Nächstes tun?«

»Mir eine schwierige Frage beantworten«, sage ich. »Meinst du, ich könnte für ein paar Minuten mit Frank reden, ohne dass er mir an die Gurgel springt?«

»Er wirkt verhältnismäßig gefasst«, antwortet July mit einem Blick auf den armen Kerl, der allein am anderen Ende der Bühne hockt. »Ich denke, du könntest es versuchen, wenn du darauf verzichtest, ihn irgendwie zu provozieren.«

»Ich werde mich zusammenreißen«, sage ich und mache mich auf den Weg.

Darf ich mich einen Moment zu dir setzen?«, frage ich Frank, der mit verheulten Augen zu mir aufblickt und anscheinend eine Weile mit seinen widerstrebenden Gefühlen kämpfen muss, bevor er mir antworten kann. Unwillkürlich frage ich mich, ob ein so sensibler junger Mann zu einem brutalen Mord imstande wäre.

»Wenn es sein muss«, sagt er nur.

»Zunächst möchte ich dir versichern, dass ich über Thelas Tod genauso erschüttert bin wie du. Sie war wirklich ein nettes Mädchen.«

Frank starrt mich eine Weile wortlos an, während er offenbar überlegt, ob ich nur eine Show abziehe oder ob ich es vielleicht doch ehrlich meine. »Thela hat mir alles über dich erzählt«, sagt er schließlich. »Sie sagte, ihr hättet viel Spaß miteinander gehabt ...«

Ich zucke unwillkürlich zusammen. Hat sie wirklich *alles* erzählt? Aber jetzt ist wohl nicht der geeignete Augenblick, sich darüber Sorgen zu machen, ob irgendwelche intimen Details an die Öffentlichkeit dringen könnten.

»Thela hat mir während des Fluges auch sehr viel über dich erzählt«, sage ich. »Und mir ist sofort klar geworden, dass sie dich wirklich liebt ... geliebt hat. Ich glaube, ich muss mich vor dir nicht dafür rechtfertigen, dass wir miteinander gevögelt haben. Es war ... ein netter Zeitvertreib während des langweiligen Fluges. Ich hatte nie einen Grund, sie dir wegzunehmen – oder sie umzubringen!«

»Ich hätte auch nie gedacht, dass du dazu in der Lage wärst, aber wer sonst könnte etwas so Schreckliches tun?«

»Ich bin nicht automatisch ein Verbrecher, nur weil ich auf der Erde lebe und Kleidung trage!«, erwidere ich. »Sonst könnte ich mit derselben Berechtigung behaupten, dass du durch deinen Aufenthalt auf der Erde so sehr von den dortigen Sitten verdorben wurdest, dass du schließlich einen Mord begehen konntest.«

Frank starrt mich entsetzt an. »Soll das heißen, du könntest dir vorstellen, *ich* hätte Thela umgebracht?«

»Wenn ich ganz offen zu dir sein darf, muss ich zugeben, dass du zumindest für mich der Hauptverdächtige bist.«

Doch als ich sehe, wie fassungslos Frank auf meine Worte reagiert, tut es mir beinahe leid, eine solche Unterstellung ausgesprochen zu haben. Er wirkt tatsächlich wie jemand, dem zum ersten Mal in den Sinn gekommen ist, dass er selbst zum Kreis der Verdächtigen gehören könnte.

»Wollte July deshalb von mir wissen, weswegen Thela und ich uns gestern gestritten haben?«, fragt er.

»Ich könnte mir jedenfalls gut vorstellen, dass dieses Problem in irgendeiner Form mit ihrem Tod zusammenhängt.«

Frank starrt mich wieder eine Weile schweigend an, während seinem Gesicht genau anzusehen ist, wie mühsam die Denkprozesse sind, die sich hinter seiner Stirn abspielen. Ich lasse ihn in Ruhe, um ihn dabei nicht zu stören. Auch wenn er nicht zu den hellsten Köpfen unter Arkadias Sonne zu gehören scheint, ist er vielleicht in der Lage, das Problem zu lösen, da er zumindest mehr als alle anderen Beteiligten weiß.

»Ich möchte jetzt allein sein«, enttäuscht er meine Hoffnungen auf eine schnelle Aufklärung dieses Falls.

»Willst du mir nicht sagen, was gestern zwischen euch vorgefallen ist?«, unternehme ich einen letzten Versuch, dem Geheimnis auf die Spur zu kommen.

»Vielleicht später«, sagt er kopfschüttelnd. »Zuerst muss ich nachdenken … allein.«

Als er sich aus dem Schneidersitz erhebt, mir seinen blanken Hintern zuwendet und mit hängendem Kopf das Amphitheater verlässt, habe ich plötzlich das seltsame Gefühl, dass ich eigentlich auf irgendein scheinbar unbedeutendes Detail hätte aufmerksam werden müssen. Aber obwohl ich angestrengt darüber nachdenke, komme ich nicht darauf, was meiner bewussten Wahrnehmung entgangen sein könnte.

10

Da es im Augenblick mit der Untersuchung des Falls nicht recht weitergeht und es schon spät geworden ist, schickt July alle Beteiligten nach Hause. Zum Glück kommt sie nicht auf die Idee, den Hauptverdächtigen in Untersuchungshaft zu nehmen, aber auf Arkadia besteht ohnehin kaum Fluchtgefahr. Also darf ich mich ungehindert in mein Apartment zurückziehen, wo ich noch einmal versuche, mithilfe meines Coms alle Fakten zusammenzustellen. Doch irgendwann fallen mir einfach die Augen zu. Schließlich war es auch für mich ein langer Tag.

Am nächsten Morgen werde ich ausnahmsweise nicht durch den Türsummer geweckt, sondern wache irgendwann ausgeruht und erfrischt auf. Nachdem ich ausgiebig geduscht und mich rasiert habe – wohlgemerkt nur an den Stellen im Gesicht, wo ich üblicherweise keinen Bart trage –, genieße ich ein kräftigendes Frühstück, ohne dass irgendjemand an mir herummosert. Erst nachdem ich ordentlich gekleidet bin und bereits eine Weile an meiner Reportage weitergearbeitet habe, die so unverhofft zu einem Knüller geworden ist, klingelt es an der Tür. Mir ist natürlich klar, dass ich gerade an diesem Tag nicht von den nackten Tatsachen Arkadias verschont bleiben werde.

»Komm rein«, begrüße ich Greedy. »Gibt es etwas Neues?«

»Bis jetzt noch nicht«, sagt sie, als sie in der Sitzmulde Platz nimmt. »July ist dabei, die Zeugenaussagen noch einmal genau zu protokollieren, und hat mich zu dir geschickt, um aufzupassen, dass du keinen Unsinn anstellst.«

»Sehr zuvorkommend von ihr. Darf ich dir irgendetwas zu essen oder trinken anbieten?«

»Nein, danke«, winkt sie ab. »Ich glaube, die Sache ist mir auf den Magen geschlagen.«

»Ich dachte, du hättest solche körperlichen Probleme längst hinter dir gelassen.«

»Selbst ich kann meine Gefühle nicht mit einem Fingerschnippen abstellen«, erwidert sie mürrisch.

»Es freut mich zu hören, dass ein Überweib wie du doch zu menschlichen Empfindungen in der Lage ist«, sage ich. »Auch wenn der Anlass alles andere als erfreulich ist«, setze ich schnell hinzu, bevor Greedy auf die Idee kommen kann, mir wegen dieser Bemerkung womöglich den Schädel einzuschlagen.

»Ich habe heute nur bedrückte Menschen gesehen«, sagt Greedy und schüttelt den Kopf. »Es herrscht eine Stimmung, als würde es am Tag regnen.«

»Woher weißt du, wie es ist, wenn es tagsüber regnet?«

»Es kommt sehr selten auf Arkadia vor, aber es kommt vor«, erwidert sie. »Ich habe es das letzte Mal vor drei Jahren erlebt. Es war unheimlich.«

»Wieso unheimlich?«, frage ich.

»Weil es so ... *düster* war«, versucht sie zu erklären. »Nachts ist es einfach nur dunkel, ob es nun regnet oder nicht. Aber wenn sich der Himmel tagsüber bedeckt ... Ich weiß nicht, ob es auf der Erde genauso ist, aber auf Arkadia herrscht dann ein geradezu gespenstisches Zwielicht.«

»Ich habe einige Jahre in London gearbeitet«, sage ich. »Dort ist der Himmel meistens recht trübe. Das kann sich durchaus auf die Stimmung niederschlagen. Ich war jedenfalls heilfroh, als mich mein nächster Auftrag in ein sonnigeres Land geführt hat.«

»Wird auf Arkadia jemals wieder die Sonne scheinen?«

Ich stoße einen schweren Seufzer aus, als mir bewusst wird, welchen Schock das Ereignis des gestrigen Abends für die Arkadier darzustellen scheint. Ein Erdenmensch wird fast täglich in den Nachrichten mit Unfällen, Morden und Tragödien konfrontiert. Aber diese Menschen haben in ihrem ganzen Leben vielleicht nie etwas Schlimmes erlebt.

»So darfst du es nicht sehen«, sage ich. »Ihr habt bislang einfach nur unglaubliches Glück mit dem Wetter gehabt. Deswegen habt ihr geglaubt, ihr würdet in einem Paradies leben. Aber es gibt keine Paradiese in diesem Universum. Ihr könnt euch nicht auf Dauer den Tatsachen des Lebens verschließen.«

»Ich weiß nicht, ob ich mit einer so traurigen Perspektive leben könnte«, sagt Greedy.

»Aber den meisten Menschen bleibt nichts anderes übrig«, sage ich. »Auf der Erde hat es schon immer Gewalt und Ungerechtigkeit gegeben. Trotzdem ist die Erde meiner Ansicht nach ein durchaus lebensfreundlicher Ort. Ich kann kaum glauben, dass auf Arkadia über so lange Zeit eine heile Welt geherrscht hat. Irgendwann musste einfach mal etwas schiefgehen.«

Greedy nickt. »Auf jeden Fall hat es überhaupt keinen Sinn, deswegen den Kopf hängen zu lassen.«

»So gefällst du mir schon besser.«

In diesem Augenblick klingelt es an der Tür.

»Das könnte July sein«, sagt Greedy. »Sie erwähnte, dass sie bei dir vorbeischauen will, wenn sie fertig ist.«

Es ist July. Als ich sie eintreten lasse, macht sie den Eindruck, als hätte sie in der vergangenen Nacht nicht viel Schlaf gefunden. Mit einem schweren Seufzer lässt sie sich in die Polster der Sitzmulde fallen.

»Bist du weitergekommen?«, fragt Greedy.

July schüttelt den Kopf. »Die Zeugenaussagen bestätigen nur, was wir ohnehin schon wissen, und Frank will immer noch nicht reden.«

»Also wäre jetzt der beste Augenblick, um Adrians offizielle Aussage aufzunehmen«, schlägt Greedy vor.

»Richtig«, sagt July. »Das hätte ich fast vergessen. Kannst du deinen Com einschalten und die Aufzeichnung anschließend an meine Adresse überspielen, Adrian?«

»Ich habe eine viel bessere Idee«, sage ich, da ich verständlicherweise wenig Lust verspüre, die ganze Geschichte noch einmal von Anfang an wiederzukäuen. »In meiner Reportage habe ich ziemlich detailliert geschildert, was mir während meines Aufenthalts widerfahren ist. Dem hätte ich eigentlich nichts hinzuzufügen.«

»Würdest du uns die Dateien zur Verfügung stellen?«, fragt July vorsichtig.

»Ihr seid wirklich ziemlich naiv, meine Hübschen«, entgegne ich kopfschüttelnd. »In einem solchen Fall hättet ihr sogar das Recht, meine sämtlichen Computerdaten ohne mein Einverständnis zu beschlagnahmen. Allerdings würde euch das nicht viel nützen. Zum einen könnte ich mich auf das interstellare Presserecht berufen, womit euch die Hände gebunden wären.«

»Aber nur, wenn wir der Meinung sind, dass wir uns an dieses Presserecht halten sollten«, stellt Greedy fest.

Ich lachte. »Guter Ansatz! Aber auch damit würdet ihr nicht allzu weit kommen. Mir ist aufgefallen, dass ihr hier auf Arkadia genauso offenherzig mit euren Daten umgeht wie mit euren primären und sekundären Geschlechtsteilen. Aber seit dem großen Internet-Crash im letzten Jahrhundert legen wir auf der Erde großen Wert auf maximale Sicherheit und minimale Vernetzung unserer Computersysteme. Meine eigentlichen Daten könnten bestenfalls von einer hochmodern ausgerüsteten Polizeibehörde geknackt werden.«

Die beiden sehen sich mit verdutzten Mienen an.

»Aber darüber müsst ihr euch nicht weiter den Kopf zerbrechen«, fahre ich fort, »da ich bereit bin, sie freiwillig herauszurücken. Allerdings möchte ich die Sache auf die relevanten Passagen beschränken. Was dann noch unklar bleibt, werde ich gern durch eine offizielle Aussage ergänzen.«

Wenn July liest, was ich unredigiert im Eifer des Augenblicks über sie geschrieben habe, geht sie mir vielleicht wirklich an die Gurgel.

Aber July hat keine Einwände, sodass ich mich an mein Terminal setze und die Passagen freigebe, in denen es um Thela und Frank geht. Während July meinen Platz übernimmt, um sich meine Ergüsse zu Gemüte zu führen, gehen Greedy und ich auf die Terrasse.

Nach einer Weile kommt July ebenfalls nach draußen und setzt sich zu Greedy und mir.

»Hast du etwas entdeckt, was ich übersehen habe?«, frage ich sie.

»Ja«, antwortet sie mit einem humorlosen Grinsen. »Dass du ein Arschloch bist. Aber das dürfte für dich keine neue Erkenntnis sein, da du dich in diesem Punkt keinen Illusionen hingibst, wie ich bei der Lektüre feststellen konnte.«

Ich will mir gar nicht ausmalen, wie sie reagiert hätte, wenn ich ihr die unzensierte Fassung zugänglich gemacht hätte. »Danke für das Kompliment«, erwidere ich nur.

»Aber mir ist noch etwas anderes aufgefallen«, sagt sie nachdenklich. »Ich habe mir in den schlaflosen Stunden der letzten Nacht überlegt, wer außer dir und Frank ein Motiv haben könnte, Thela etwas Böses anzutun. Aber in ihrem Bekanntenkreis scheint abgesehen von euch beiden niemand infrage zu kommen. Doch als ich deine Reportage gelesen habe, ist mir plötzlich ein Licht aufgegangen. Ich ärgere mich, dass ich nicht von selbst darauf gekommen bin.«

»Jemand aus ihrem Bekanntenkreis, der ...«, überlege ich. Dann wird mir plötzlich klar, welchen Zusammenhang July erkannt hat. »Ich glaube, ich weiß, auf wen du anspielst.«

»Kannst du mir einen Kommunikationskanal freischalten? Ich würde ihn gern anrufen, um einen Termin mit ihm zu vereinbaren.«

»Sicher.« Ich stehe auf und gehe zum Terminal meines Apartments, das selbstverständlich darauf programmiert ist, ausschließlich Befehle von mir entgegenzunehmen. Nachdem ich meine Genehmigung erteilt habe, kehre ich zu Greedy auf die Terrasse zurück, damit July in Ruhe ihr Gespräch führen kann.

»Du willst mir nicht verraten, wen ihr in Verdacht habt?«, fragt Greedy.

»Du wirst es früh genug erfahren.«

»Ich grüble angestrengt nach, aber ich habe Thela in den paar Tagen kaum näher kennengelernt. Und mit Frank hatte ich auch nur sehr wenig zu tun.«

»Soll das etwa heißen, du hast nie mit ihm ...?«

»Höchstens zwei- oder dreimal. Aber das ist schon lange her. Damals habe ich mir alles gekrallt, was schon den Schwanz hochkriegen konnte.«

»Ich bin froh, dass du im Alter etwas bedächtiger geworden bist.«

Wir blicken erwartungsvoll zu July auf, die wieder auf die Terrasse getreten ist. »Ich habe Claude nirgendwo erreicht«, sagte sie. »Zu Hause war er nicht, und im Institut hat ihn auch niemand gesehen.«

»Das ist sehr verdächtig«, lautet mein Kommentar.

»Vielleicht ist er nur spazieren gegangen«, spekuliert July. »Auf jeden Fall habe ich allen Leuten gesagt, dass ich dringend mit ihm reden muss, wenn er wieder auftaucht.«

»Claude?«, fragt Greedy verblüfft und schüttelt dann den Kopf. »Es stimmt zwar, dass er gern seine jungen Studentinnen flachlegt, aber deswegen würde er sie doch niemals umbringen!«

»Vielleicht hat Thela ihn zurückgewiesen, worauf er die Kontrolle über sich verloren hat«, mutmaße ich. »Vielleicht war sie deshalb so erschüttert, als sie mit mir gesprochen hat. Weil er ihr so heftig zugesetzt hat.«

»Das kann ich mir nicht vorstellen«, sagt Greedy. »Als er es vor einigen Jahren bei mir versuchen wollte und ich ihm klargemacht habe, dass ich nicht interessiert bin, hat er sofort einen Rückzieher gemacht und sich sogar tausendmal entschuldigt. Er weiß genau, dass er mit seiner Neigung sehr vorsichtig umgehen muss.«

»Als ich mit ihm gesprochen habe, machte er nicht gerade den Eindruck, als würde er in dieser Hinsicht über den Dingen stehen.«

»Das kann ich bestätigen«, sagt July. »Wir sollten ihm unbedingt auf den Zahn fühlen.«

Etwa eine halbe Stunde später ruft eine Mitarbeiterin der Universität an und teilt mit, dass Claude pünktlich aufgetaucht ist, um seine Mathematik-Schulklasse zu unterrichten. Sie fragt, ob sie ihn holen soll, doch wir beschließen, ihn stattdessen in der Uni aufzusuchen und nach der Unterrichtsstunde mit ihm zu reden.

Greedy fliegt uns mit dem Gleiter zum Gebäude der arkadischen Gesamtschule, die praktischerweise in den Universitätskomplex integriert ist. Zuerst stutze ich, doch dann wird mir klar, dass es eigentlich keinen vernünftigen Grund gibt, jüngere Schüler und ältere Studenten voneinander zu isolieren – auf Arkadia sowieso nicht, aber auch generell. Wahrscheinlich hat die räumliche Nähe der verschiedenen Bildungseinrichtungen sogar eine Menge Vorteile, über die mir die geeigneten Leute sicherlich begeisterte Vorträge halten könnten. Möglicherweise tut es auch den Professoren ganz gut, wenn sie nicht nur hochgelehrte Vorlesungen halten, sondern gelegentlich auch kleine Kinder unterrichten.

An der Schule geht es ähnlich zu, wie ich es bereits in den anderen Instituten der Uni erlebt habe. Innerhalb und außerhalb des offenen Gebäudes scharen sich bis zu zwanzig Kinder in unterschiedlichen Altersgruppen um Lehrer oder Lehrerinnen. Es geht sehr lebhaft zu, und es wird viel gelacht.

Eigentlich hatte ich damit gerechnet, dass sich nach dem gestrigen Sündenfall eine bedrückende Stille über den gesamten Planeten legen würde, aber vielleicht erwarte ich damit etwas zu viel von diesen Menschen. Schließlich geht das Leben weiter – zumindest für die meisten.

July, Greedy und ich setzen uns nicht allzu weit von Claudes Schulklasse entfernt auf den Rasen. Die Kinder im Durchschnittsalter von etwa zehn Jahren spielen mit bunten Bauklötzen in verschiedenen Größen und Formen, mit denen sie offenbar die Grundlagen der Gruppen- und Mengentheorie lernen sollen.

»Ist es wirklich eine gute Idee, kleine Kinder von jemandem wie Claude unterrichten zu lassen?«, frage ich, nachdem ich die Sache eine Weile beobachtet habe.

»Wir haben mit ihm darüber gesprochen, und wir vertrauen ihm«, antwortet July. »Außerdem ist hier alles offen. Die Lehrerinnen und Lehrer der anderen Klassen würden es sofort merken, wenn etwas passiert. Die soziale Kontrolle funktioniert.«

»Und vergiss nicht die anderen Kinder in der Gruppe. Auch unsere Kleinen wissen schon sehr genau, was geht und was nicht geht«, fügt Greedy hinzu.

Auf den ersten Blick wirkt die Horde chaotischer als eine Schulklasse auf der Erde – soweit ich das als kinderloser Mittdreißiger noch beurteilen kann. Dennoch herrscht eine gewisse Grunddisziplin. Die Kinder dürfen sich gewisse Freiheiten erlauben, wissen aber anscheinend genau, dass sie es auf keinen Fall übertreiben sollten.

Als die Schulstunde vorbei ist, tollen sie auf dem Rasen herum und tun ungefähr dieselben Dinge, die alle Kinder so tun, bis mir nach einer Weile doch ein leichter Unterschied auffällt. Sie scheinen sich längst nicht so aggressiv zu verhalten, wie ich es von jungen Erdenbürgern kenne. Natürlich gibt es immer wieder irgendwelche Streitereien, und sie raufen und balgen sich sogar gelegentlich, aber der Konflikt eskaliert nie so sehr, dass es zu Geschrei oder Tränen kommt.

Es scheint vor allem die Gruppe als Ganzes zu sein, die dafür sorgt, dass schon nach kurzer Zeit wieder Frieden einkehrt. Das könnte natürlich der entscheidende Punkt sein. Aber ich frage mich, warum dieses Prinzip nicht auch in anderen menschlichen Gesellschaften funktioniert. Vielleicht weil so vieles im Verborgenen und hinter verschlossenen Türen stattfindet …

July ist inzwischen zu Claude gegangen und kehrt mit ihm und einer kleinen Horde zu uns zurück. Darunter befindet sich auch ein Neffe von ihr, der jedoch nicht die geringste Familienähnlichkeit mit July hat, sondern eher asiatische Gesichtszüge aufweist. Das liegt daran, dass September von einem koreanischen Vater gezeugt wurde und später mit einem Japaner eine Familie gründete. Ich erwähne das nur, um Ihnen einen kleinen Eindruck zu vermitteln, welche bunte Mischung die Arkadier trotz ihrer nackten Uniformität darstellen.

Zu meiner Erleichterung werde ich von den Kindern zwar neugierig, aber aus respektvollem Abstand gemustert. Dann genügt ein Wort von July, um sie zu ihren Altersgenossen zurückzuschicken, damit wir uns ungestört mit Claude unterhalten können.

Ich bin mir nicht sicher, ob ich mich erleichtert fühlen soll, als mir ins Gedächtnis gerufen wird, dass wir hier sind, um uns mit einem schwerwiegenden Problem zu befassen, das in dieser scheinbar so heilen Welt aufgetreten ist.

»Wie kann ich euch helfen?«, fragt Claude, nachdem wir uns im lockeren Kreis auf den Rasen gehockt haben. Entweder verstellt er sich sehr geschickt, oder er hat wirklich keine Ahnung, worüber wir mit ihm reden wollen.

»Du hast sicher schon vom Mord an deiner Studentin gehört«, beginnt July.

»Ja, sicher, eine schreckliche Sache«, sagt Claude zerknirscht. »Ich war ziemlich fertig, als ich es heute früh erfahren habe.«

»Warst du deshalb so lange nicht erreichbar?«, fragt July.

»Ja, ich wollte zunächst eine Weile allein sein«, erwidert Claude und schaut uns verständnislos an. »Hast du versucht, mich anzurufen? Entschuldige bitte, aber vielleicht kannst du verstehen, dass ich mit niemandem …«

»Schon gut«, sagt July.

»Du warst gestern Abend nicht bei der Theateraufführung?«, fragt Greedy.

»Nein, für so etwas habe ich nichts übrig. Es ist kurz danach passiert, nicht wahr?«

»Wo warst du gestern Abend?«, fragt July.

»Zu Hause«, antwortet Claude. »Ich habe Thelas Arbeiten gelesen. Wirklich interessant. Vielversprechende Ansätze. Wenn ich mir vorstelle, dass sie genau in dieser Zeit ...« Er legt sich erschüttert die Hände über die Augen.

»Kann jemand bezeugen, dass du deine Wohnung nicht verlassen hast?«

Claude blickt verblüfft auf. »Wieso? Was soll diese Frage?«

July und Greedy werfen sich einen kurzen Blick zu.

»Wie du vielleicht gehört hast, soll ich herausfinden, wer sie umgebracht haben könnte«, teilt July ihm mit. »Dazu muss ich allen ungeklärten Fragen nachgehen.«

»Wieso unklar? Man hat mir gesagt, dass Adrian es getan hat.«

»Es ist nicht meine Aufgabe, ein Urteil zu fällen, sondern die Umstände im Zusammenhang mit Thelas Tod zu untersuchen. Deswegen wollte ich dir ein paar Fragen stellen«, erklärt July ihm geduldig.

»Ich glaube, ich verstehe«, sagt Claude und schaut zu Boden. »Ihr meint, ich könnte wegen meiner Vorliebe für junge Mädchen etwas damit zu tun haben.«

»Thela war sehr jung«, sagt July. »Zumindest äußerlich machte sie nicht gerade den Eindruck einer reifen, erwachsenen Frau.«

»Ich gebe zu, dass ich sie sehr attraktiv fand«, gesteht Claude leise. »Ja, ich war sehr an ihr interessiert. Aber sie hat mir unmissverständlich klargemacht, dass ich für ihren Geschmack viel zu alt bin.«

»Kam es zu einem Streit?«

»So hart würde ich es nicht formulieren. Ich war zunächst etwas geknickt, weil sie mir völlig unverblümt ins Gesicht sagte, dass sie jüngere Männer bevorzugt. Aber schließlich hatte ich ihr vorher auch recht unverblümt gesagt, was ich von ihr wollte.«

»Aber es wäre immerhin ein Motiv.«

»Ein Motiv?«, erwidert Claude verdutzt. »Was soll das heißen?«

»Als Thela dich abgewiesen hat, konntest du die Demütigung nicht ertragen«, erklärt Greedy. »Deshalb ist bei dir eine Sicherung durchgebrannt, worauf du ihr in der Bühnentoilette den Schädel eingeschlagen hast.«

Allmählich scheint dem Mann zu dämmern, dass er in ernsthaften Schwierigkeiten steckt. Er starrt die zwei Frauen an und schüttelt dann langsam den Kopf. »Ich weiß, dass ich in meinem Leben nicht alles richtig gemacht habe«, sagt er leise, »aber einen Mord könnte ich niemals begehen ... und schon gar nicht an einem ... so reizenden Mädchen.«

»Trotzdem muss ich dich in den Kreis der Verdächtigen einschließen, Claude«, sagt July seufzend. Sie hat es wirklich nicht leicht, da der Fall im Laufe der Untersuchungen keineswegs klarer, sondern immer undurchsichtiger zu werden scheint. Jetzt sind es schon drei Leute, die es gewesen sein könnten. Doch es fehlt immer noch ein eindeutiger Beweis.

»Ich kann nur beteuern, dass ich Thela nicht getötet habe«, sagt Claude. »Allein die Vorstellung ...«

»Immerhin warst du als Einziger der Verdächtigen nicht bei der Theateraufführung«, bemerkt July beschwichtigend.

Ich muss mich zusammenreißen, um ihr nicht schon wieder Verhaltensmaßregeln vorzugeben. Mitgefühl und Verständnis für einen Täter sollte ein Ermittler erst dann zeigen, wenn ein eindeutiges Geständnis vorliegt.

»Ich denke, dieser Punkt entlastet ihn keineswegs«, wirft Greedy ein. Kluges Kind!

»Wieso?«, fragt July.

»Nun, er könnte sich heimlich im Kostüm unter die Menge gemischt haben, damit niemand ihn erkennt«, erklärt Greedy ihre Überlegung.

Ich schöpfe neue Hoffnung, dass die beiden Frauen es vielleicht doch schaffen könnten, den Fall zu lösen, wenn sie weiterhin zusammenarbeiten.

»Trotzdem kommen wir nicht weiter, solange wir nur vage Anhaltspunkte und keinen konkreten Verdacht haben«, erwidert July.

Womit sie allerdings den Nagel auf den Kopf getroffen hat.

11

Da die Situation ziemlich festgefahren scheint, bricht July das Verhör ab. Ein sichtlich nachdenklicher Claude macht sich zu Fuß auf den Weg zum mathematischen Institut, während wir zum Gleiter zurückkehren. Greedy setzt mich vor meinem Apartment ab, während die Frauen weiterfliegen, um sich zu beraten oder sich um andere Dinge zu kümmern.

Auch ich versuche, meine Gedanken zu ordnen, während für eine Weile Ruhe herrscht, aber trotz meiner Bemühungen will sich der Nebel über dem Geheimnis nicht lichten. Dass ich den Mord nicht begangen habe, steht zumindest für mich ohne jeden Zweifel fest. Trotzdem darf ich nicht so tun, als wäre die Sache damit für mich erledigt. Gerade ich muss mich anstrengen, auch die anderen von meiner Unschuld zu überzeugen. Und das lässt sich am besten erreichen, indem ich bei der Suche nach dem wahren Täter helfe.

Ich kann mir allerdings nicht vorwerfen, dass ich mir in diesem Punkt zu wenig Mühe gegeben hätte. Schließlich habe ich einiges dazu beigetragen, weitere Verdächtige ausfindig zu machen. Das Dumme ist nur, dass ich Frank beim besten Willen keinen Mord zutrauen kann. Und Claude wäre ein ausgezeichneter Schauspieler, wenn er tatsächlich einen so durchtriebenen Plan umgesetzt haben sollte. Vielleicht war er deshalb nicht unter den Zuschauern … weil er nämlich selbst eine entscheidende Rolle spielen wollte …

Diese Überlegung hat einen gewissen Reiz, aber sie bringt mich leider kein Stück weiter.

Irgendwann kreuzt Greedy wieder bei mir auf. Ich schrecke zusammen, denn sie sieht recht mitgenommen aus. Will sie mir eine neue Katastrophenmeldung überbringen? Wurde etwas gefunden, aus dem man mir nun einen Strick drehen wird?

»Was ist los?«, frage ich sie besorgt, als sie mein Apartment betritt und sich in die Sitzpolster fallen lässt.

»Ich komme gerade aus der Klinik, wo Rocky die Leiche von Thela obduziert hat«, erklärt sie.

Ich atme unwillkürlich auf. Doch dann fällt mir ein, was sich alles mit den Mitteln gentechnischer Analysen herausfinden lässt …

»Du hast mein volles Mitgefühl«, sage ich und versuche gleichzeitig, meinen Schrecken zu überspielen. »Während meiner Zeit als Polizeireporter habe ich zehn Kilo abgenommen, weil ich mich mit einem sehr fähigen Gerichtsmediziner angefreundet habe. Auch das war einer der Gründe, warum ich diesen Job schließlich aufgegeben habe.«

»Es scheint wirklich eine schlimme Zeit für dich gewesen zu sein«, sagt Greedy verständnisvoll.

»Ich habe es überlebt, das ist die Hauptsache«, erwidere ich mit einer lässigen Handbewegung. »Hat Rocky irgendetwas Brauchbares entdeckt?«

»Leider nicht«, antwortet Greedy kopfschüttelnd. »Sie hat die Haut nach fremden Körperzellen abgesucht, aber es scheint, dass Thela auf der gestrigen Party mit Dutzenden von Leuten Körperkontakt hatte – wie vermutlich alle außer dir.«

»Dabei fällt mir wieder ein, dass Thela mir während unseres letzten Gesprächs ein Küsschen auf die Wange gegeben hat.«

»Dann bist du möglicherweise Genotyp Nummer dreizehn, dessen Hautzellen Rocky auf Thelas Lippen gefunden hat.«

»Es mag ungewöhnlich klingen«, erwidere ich, »aber diese Zahl hat mir bisher immer Glück gebracht.«

»In diesem Fall sieht es nicht danach aus, denn Rocky hat auch an einigen anderen Stellen des Schädels Zellen vom gleichen Genotyp gefunden.«

Ich starre Greedy sprachlos an, während ich mich zu erinnern versuche, wo genau ich Thela während unserer letzten Begegnung berührt habe. Habe ich ihr mitfühlend über den Kopf gestrichen oder ihre Wangen getätschelt? Schon möglich, aber ich weiß es nicht mehr genau.

»Natürlich beweist diese Tatsache letztlich gar nichts, da Rocky mindestens zwei Dutzend verschiedene Zelltypen an Thelas Schädel gefunden hat. Nur an den Lippen überwiegt die besagte Dreizehn, weil du vermutlich der Letzte warst, den sie geküsst hat.«

»Würde Thela ihren Mörder küssen?«, gebe ich zu bedenken.

Greedy sieht mich an und zuckt mit den Schultern. »Wenn sie noch nicht ahnen konnte, was ihr bevorstand …«, sagt sie.

»Von Claude wurde übrigens nicht der winzigste Zellrest gefunden.«

»Auch das muss nichts heißen.«

»Stimmt.«

»Konntest du mit deinem sechsten Sinn irgendetwas feststellen?«, frage ich dann.

Greedy schüttelt den Kopf. »Wie ich schon gestern sagte, kann ich nur mit lebenden Zellen arbeiten. Manchmal bin ich imstande, die Grenze zwischen Leben und Tod ein wenig hinauszuschieben, aber auch mir ist es unmöglich, diese Barriere zu überschreiten.«

Schweigend lasse ich diesen philosophischen Gedanken auf mich einwirken, als sich in meinem Kopf plötzlich mehrere Synapsen mit einem fast hörbaren elektrischen Knistern kurzschließen. Ich begreife selbst nicht genau, was in diesem Augenblick in meinem Gehirn passiert, und es dauert eine Weile, bis ich nachvollzogen habe, was meine Gehirnzellen ohne mein bewusstes Dazutun erkannt haben.

»Was ist los mit dir?«, fragt Greedy besorgt. Offenbar ist mir meine Verblüffung deutlich anzusehen.

»Ich glaube, ich hatte gerade eine Erleuchtung.«

»Bist du endlich zum Arkadier bekehrt worden?«

»Ich sprach von einer Erleuchtung, nicht von einer geistigen Umnachtung.«

»Lässt du mich trotzdem an deiner Weisheit teilhaben?«

»Ich weiß nicht recht, ob du mir folgen könntest«, sage ich. »Es ist nämlich eher eine Ahnung, ein Gefühl, eine Intuition. Mir sind ein paar Zusammenhänge aufgefallen, aber sie ergeben bislang nur ein äußerst verschwommenes Bild. Ich brauche noch ein paar Fakten und Beweise, bevor ich mich möglicherweise lächerlich mache.«

»Wie du meinst«, sagt Greedy mit einem Seufzer. »Und was machen wir jetzt, Adrian?«

Ich überlege, wie ich die vage Erkenntnis meiner Intuition in konkrete und sinnvolle Handlungen umsetzen kann. Auch wenn ich noch nicht genau weiß, was dabei herauskommen wird, ist mir zumindest der erste Schritt einigermaßen klar.

»Hol schon mal den Gleiter, Greedy!«

Einige Zeit später stehen wir vor der Tür zu Franks Apartment. Greedy, die es sich unterwegs verkniffen hat, mich mit Fragen zu löchern, und offenbar bereit ist, sich auf mein seltsames Verhalten einzulassen, drückt mehrmals auf den Türmelder, ohne dass uns jemand öffnet.

»Er scheint nicht da zu sein«, sagt sie mit einem Schulterzucken und dreht sich zu mir um. »Was nun?«

Ich schüttele nachdenklich den Kopf. »Irgendwie habe ich ein verdammt ungutes Gefühl«, sage ich und blicke mich um. »Das Apartment scheint ähnlich wie meins angelegt zu sein ...«

»Was hast du vor?«, fragt Greedy besorgt.

»Komm mit!« Ohne weitere Erläuterungen marschiere ich los und suche einen Durchgang, um auf die Terrassenseite der Apartmentreihe zu gelangen. Mir ist natürlich bewusst, dass man so etwas auf Arkadia normalerweise nicht tut, da auch hier eine verschlossene Eingangstür genügt, um selbst die neugierigsten Besucher abzuhalten. Aber ich habe wirklich das deutliche Gefühl, dass ich in diesem Fall nicht allzu viel Rücksicht auf das allgemeine Bedürfnis nach ungestörter Privatsphäre nehmen sollte.

Die Terrassentür von Franks Apartment ist geschlossen, aber als ich den Hals recke und durch die großen Fenster spähe, erkenne ich, dass jemand im zerwühlten Bett liegt.

»Habe ich nicht gesagt, dass auf meine Ahnungen Verlass ist?«, verkünde ich triumphierend.

»Frank ist also doch zu Hause«, stellt Greedy fest, die sich bei unserer Spionageaktion offensichtlich nicht gerade wohlfühlt.

»Genau.«

»Warum hat er uns nicht geöffnet?«

»Darauf gibt es nur zwei mögliche Antworten«, erkläre ich geduldig. »Entweder er will nicht, oder er kann nicht.«

»Wenn er nicht will, sollten wir sein Recht auf Ungestörtheit respektieren.«

»Aber wenn er nicht kann, steckt er möglicherweise in großen Schwierigkeiten«, erwidere ich. »Und zufällig deckt sich diese Möglichkeit genau mit meinem unguten Gefühl. Daher sollten wir auf unangebrachte Rücksichtnahme verzichten.«

Ich gebe zu, dass meine Argumentation in logischer Hinsicht nicht gerade wasserdicht ist, aber Greedy erhebt zumindest keine Einwände, als ich die Tür öffne, die sich als verschlossen, aber nicht verriegelt erweist.

»Frank?«, rufe ich zögernd. Schließlich wäre es ja möglich, dass meine Ahnungen mich ausnahmsweise in die Irre führen. Aber die Gestalt zwischen den Bettlaken reagiert immer noch nicht. Voll Entsetzen versuche ich mich auf die Möglichkeit gefasst zu machen, dass wir vielleicht zu spät gekommen sind.

Greedy tritt ans Bett, geht in die Knie und legt vorsichtig eine Hand auf den Arm, der unter der Decke hervorragt.

»Scheiße!«, ruft sie plötzlich. »Irgendetwas stimmt nicht mit ihm!«

»Ist er tot?«, frage ich erschrocken.

»Nein, aber er wird es bald sein, wenn ich nichts unternehme.« Sie schlägt die Decke zurück, wälzt Frank auf den Rücken und legt ihren Mund auf seine Lippen. Mir ist natürlich völlig klar, dass in diesem Fall von einem Kuss keine Rede sein kann.

Während Greedy dem armen Kerl zu helfen versucht, sehe ich mich in der Wohnung um und entdecke sofort das Fläschchen mit den Tabletten, das neben dem Bett auf dem Fußboden liegt.

»Calminol«, lese ich vom Etikett ab. »Ein starkes Beruhigungsmittel. Die Dosierungssperre ist aufgebrochen, und etwa die Hälfte der Tabletten fehlt.«

Greedy erhebt sich keuchend von ihrem Patienten. »Ich habe erst einmal seinen Adrenalinausstoß gesteigert, damit die Wirkung des Beruhigungsmittels aufgehoben wird«, erklärt sie mir, nachdem sie wieder zu Atem gekommen ist. »Jetzt braucht er ein richtiges Gegenmittel, irgendein Enzym, mit dem das Calminol chemisch neutralisiert wird.«

»Kann ich dir irgendwie helfen?«

»Nein, ich bin schon dabei, es zu produzieren«, sagt sie und klopft sich demonstrativ auf die Brust. Dann beugt sie sich wieder über Frank und nimmt erneut Mundkontakt auf. Offenbar flößt sie ihm dabei irgendwie die Substanz ein, die ihn wieder auf die Beine bringen soll. Greedy ist in der Tat eine bemerkenswerte Frau.

»So, das dürfte genügen«, sagt sie schließlich und erhebt sich vom Bett. »Dein dummes Gefühl hat ihm das Leben gerettet, Adrian. Die Frage ist nur, ob er es uns danken wird.«

»Du gehst also davon aus, dass wir gerade einen Selbstmordversuch vereitelt haben? Dass Frank den Gedanken an ein Leben ohne Thela nicht mehr ertragen konnte? Oder nicht mehr mit seiner Schuld weiterleben wollte?«

»Ich denke, falls er ein Geständnis abzulegen hat, werden wir es bald erfahren, wenn er irgendwann in den nächsten Minuten aufwacht«, erklärt Greedy.

»Ich würde zuvor gern seine derzeitige Hilflosigkeit auf schamlose Weise ausnutzen und einen weitergehenden Verdacht bestätigen«, sage ich und trete an Franks Bett. Ich zögere zunächst, weil mir mein Vorhaben etwas peinlich ist, aber dann beschließe ich, das Risiko einzugehen, mich vielleicht in Greedys Gegenwart zu blamieren. Auf einen weiteren Fehltritt kommt es jetzt wirklich nicht mehr an.

Also gehe ich vor Frank in die Knie, umschließe seinen schlaffen Schwanz und Hodensack mit spitzen Fingern und ziehe das Ganze nach oben. Während Greedy mir mit erstaunt aufgerissenen Augen zusieht, lege ich die Finger meiner rechten Hand auf die Haut unter Franks Eiern und ziehe sie seitlich auseinander. Mit reichlich gemischten Gefühlen betrachte ich die Scheidenspalte mit der kleinen Öffnung und der rosaroten Klitoris, die auf diese Weise zum Vorschein kommen.

»Frank ist dabei, sich zum Zwitter zu entwickeln!«, ruft Greedy verblüfft. »Eigentlich hätte ich es schon vorhin bei der Berührung merken müssen, aber da war ich zu sehr auf sein aktuelles Problem konzentriert.«

»Mir ist es bereits gestern aufgefallen, als ich im Amphitheater mit ihm gesprochen habe«, sage ich zu ihr. »Ich war mir nicht ganz sicher, aber ich dachte, ich hätte zwischen seinen Beinen etwas bemerkt, das mich an Rocky erinnerte.«

»Was hat das zu bedeuten?«, fragt Greedy irritiert. »Ich weiß nicht, wie es bei euch auf der Erde gehandhabt wird, aber auf Arkadia ist es nicht verboten, sein Geschlecht zu modifizieren.«

»Ich hoffe, dass Frank uns nach dem Aufwachen über alles Weitere aufklären wird«, sage ich, während ich seine vielseitige

Ausstattung loslasse. »Mehr möchte ich zu diesem Zeitpunkt nicht dazu sagen.«

Einige Minuten später stöhnt Frank einige Male, dann öffnen sich flatternd seine Augenlider.

»Oh!«, sagt er nur, als er in Greedys Gesicht blickt.

»Es ist alles in Ordnung«, erwidert sie. »Was ist passiert?«

Frank versucht sich auf dem Bett aufzurichten, was ihm bereits nach dem zweiten Versuch gelingt. Er schüttelt noch einmal benommen den Kopf und scheint dann wieder völlig klar zu sein. Ob ihm bewusst ist, dass Greedy gerade ein Wunder an ihm exerziert hat?

»Was macht ihr hier?«, fragt er, als er mich ein Stück entfernt auf dem Fußboden hocken sieht. »Wie seid ihr hereingekommen?«

»Das ist jetzt unwichtig«, sagt Greedy. »Erzähl uns lieber, was passiert ist.«

»Was soll denn passiert sein?«, fragt Frank verwirrt.

Entweder hat er wirklich keine Ahnung, oder es gibt triftige Gründe, warum er nicht mit der Wahrheit rausrücken will.

Greedy hebt das Fläschchen mit den Pillen vom Boden auf. »Falls du gestern Nacht nicht schlafen konntest, muss ich dir sagen, dass ein oder zwei Tabletten völlig genügt hätten.«

»Ich habe nur eine einzige Tablette genommen«, behauptet Frank. »Wo sind die anderen?«

Greedy schüttelt den Kopf. Offenbar scheint sie jetzt begriffen zu haben, dass Frank keineswegs freiwillig aus dem Leben scheiden wollte. »In deinem Blutkreislauf. Zum Glück konnte ich dir rechtzeitig ein Gegenmittel verabreichen.«

»Das glaube ich nicht!«, weigert sich Frank immer noch, der Wahrheit ins Auge zu sehen. »Das kann nicht sein!«

»Auf dem Fläschchen steht, dass eine gewisse suggestive Rezeptivität zu den Nebenwirkungen von Calminol gehört«, sagt Greedy. »Wenn du die Tabletten nicht freiwillig genommen hast, wäre es gut möglich, dass jemand dich vor dem Einschlafen überredet hat, noch mehr davon zu schlucken. Wenn wir etwas später gekommen wären, hätte alles sehr überzeugend nach einem Selbstmord ausgesehen.«

Frank starrt mit leerem Blick vor sich hin, während er offenbar versucht, diese Tatsachen zu verdauen.

»Wer hat dir diese Tabletten gegeben?«, will Greedy von ihm wissen.

»Das geht niemanden etwas an!«, erwidert Frank.

»Frank, dieser Jemand wollte dich umbringen! Und wahrscheinlich hat er auch Thela ermordet!«

Frank schweigt eisern.

»Ich glaube, du weißt genau, wer Thelas Mörder ist«, versucht Greedy es noch einmal. »Und diese Person hat befürchtet, dass du zu viel verraten könntest, und deshalb versucht, dich zum Schweigen zu bringen. Wenn du uns nicht sagst, wer es ist, schwebst du in großer Lebensgefahr!«

Erst jetzt scheint Frank das Ausmaß seiner Schwierigkeiten zu verstehen, denn plötzlich wirft er sich schluchzend in die Bettlaken.

Greedy lässt ihn eine Weile mit seinem Kummer allein, um July von Franks Terminal aus anzurufen. Nachdem die arkadische Sonderkommissarin eingetroffen ist, hat Frank sich einigermaßen beruhigt und lässt sich von ihr aus der Nase ziehen, was ich bereits seit meiner Erleuchtung geahnt habe. Na gut, ich will nicht übertreiben, aber sein Geständnis deckt sich zumindest in den wesentlichen Punkten mit meinem Verdacht.

Frank hatte schon seit einiger Zeit eine lockere Beziehung zu Rocky gehabt, als er Thela kennenlernte. Nach seiner Rückkehr von der Erde bestand jedoch kein Grund, diese Beziehung abzubrechen, zumal Frank und Thela über einen längeren Zeitraum durch einen Abgrund von vielen Lichtjahren voneinander getrennt waren. Irgendwann konnte die Medizinerin ihn dazu überreden, mit ihr gleichzuziehen und sich ebenfalls zum Zwitter umwandeln zu lassen. Rocky und Frank waren von ihren neuen physiologischen Möglichkeiten so begeistert, dass sie überzeugt waren, Thela nach ihrer Ankunft auf Arkadia ebenfalls dazu bewegen zu können.

Thela war jedoch überhaupt nicht von der Idee einer rundum kompatiblen Dreiecksbeziehung angetan und reagierte mit Entsetzen auf Franks behutsam geäußerten Vorschlag. Sie liebte nur Frank und wollte weder einen Dritten noch eine Dritte in ihrer Beziehung dulden. An diesem Punkt flüchtete sie sich verzweifelt in meine ahnungslosen Arme.

Während jener Nacht wurde Frank klar, dass er unter diesen Umständen lieber mit Thela als mit Rocky zusammen sein wollte, und kehrte reumütig zu seiner Geliebten zurück. Thela war bereit, es noch einmal mit ihm zu versuchen, doch dann gab es neue Missstimmigkeiten, weil Frank seine bisexuelle Ausstattung nur ungern rückgängig machen wollte. Das war offenbar das Problem, das Thela an jenem schicksalhaften Örtchen in meiner Gegenwart andeutete.

Nun besteht für Frank, Greedy, July und mich kaum noch ein Zweifel daran, dass Rocky Thela und mir nachgeschlichen ist, um die Gunst des Augenblicks zu nutzen, eine Nebenbuhlerin auszuschalten und gleichzeitig den Verdacht auf mich zu lenken, den bösen Buben von der Erde. Im Grunde ist die Angelegenheit damit klar, aber wir beschließen, auf Nummer sicher zu gehen und den Täter mit den Tatsachen zu konfrontieren. Gemeinsam hecken wir einen Plan aus, und nach etwa einer halben Stunde sind alle Vorbereitungen abgeschlossen, als es an der Tür summt.

Greedy geht, um sie zu öffnen und Rocky einzulassen, die sich mit leichter Verunsicherung umblickt. In Franks Apartment herrscht ein ziemliches Gedränge, da July zwei Nachbarn geholt hat, die notfalls alles Weitere bezeugen sollen.

»Ich bin gekommen, so schnell ich konnte«, sagt Rocky. »Wo ist er?«

Greedy gibt den Weg zum Bett frei, auf dem Franks regloser Körper zu erkennen ist. Als sie Rocky vor etwa fünfzehn Minuten anrief, sprach sie nur von einem »medizinischen Notfall«, ohne irgendwelche Details zu verraten.

»Was ist nur aus Arkadia geworden?«, ruft Rocky und wirft mir einen offenbar vorwurfsvoll gemeinten Blick zu, während sie ans Bett tritt. »Die zweite Tragödie innerhalb kürzester Zeit!«

»Ja, es ist schrecklich!«, bestätigt Greedy, während ich bemerke, wie ihre Augen aufblitzen. »Vielleicht kannst du uns sagen, was mit ihm geschehen ist.«

Rocky nickt ernst. »Ich werde es versuchen.« Ohne Eile nimmt sie ein kleines Diagnosegerät aus der Arzttasche, die sie mitgebracht hat, und drückt es Frank an den Hals.

Gebannt verfolge ich ihre Reaktionen – genauso wie Greedy und alle anderen Anwesenden. Ich bin mir nicht sicher, aber es sieht danach aus, dass Rocky plötzlich der kalte Schweiß auf die Stirn tritt.

»Das kann doch gar nicht sein!«, murmelt sie schließlich und hantiert nervös mit ihrem Diagnosegerät.

»Was kann nicht sein?«, erkundigt sich Greedy mit überzeugender Naivität.

Rocky blickt unsicher zu ihr auf. »Nach den Messwerten müsste er eigentlich bei vollem Bewusstsein sein.«

»Hast du etwas anderes erwartet?«, fragt Greedy.

»Ich dachte ...«, beginnt Rocky, verstummt dann jedoch, als ihr plötzlich klar wird, dass Greedy versucht hat, ihr eine Falle zu stellen. »Ich dachte«, setzt sie zu einer neuen Erklärung an, »ich sollte mich um einen Notfall kümmern, aber mit Frank scheint alles in Ordnung zu sein. Ich frage mich nur, warum er die Augen geschlossen hat und keinen Ton von sich gibt.«

»Wäre es dir lieber«, fragt Frank plötzlich und öffnet die Augen, »wenn ich auch weiterhin den Mund halte?«

»Es bereitet mir wie immer großes Vergnügen, deine reizende Stimme zu vernehmen!«, erwidert Rocky lächelnd und streicht zärtlich mit den Fingern über Franks Wange.

»Lass den Unsinn!«, sagt Frank und stößt Rockys Arm zurück, während er sich vom Bett aufrichtet. »Ich will nichts mehr mit dir zu tun haben!«

Rocky seufzt. »Ich kann es ja verstehen, dass du immer noch unter dem Tod deiner kleinen Freundin leidest, aber du solltest deinen Zorn nicht an *mir* auslassen.« Bei diesen Worten blickt sie bedeutungsvoll in meine Richtung.

»Hör endlich mit diesem Theater auf!«, schreit Frank. »Ich habe ihnen alles gesagt!«

Rocky blickt sich irritiert in der Runde um. »Entschuldige bitte, aber ich habe keine Ahnung, wovon du redest. *Was* hast du ihnen gesagt?«

»Dass du auf Thela eifersüchtig warst und es offenbar nicht verkraften konntest, dass ich nichts mehr von dir wissen will!«, ruft Frank.

»Ich glaube, ich verstehe allmählich, was hier gespielt wird«, sagt Rocky nachdenklich. »Es stimmt, dass ich von deiner Entscheidung sehr enttäuscht war. Das würde ich niemals abstreiten. Aber jetzt hat Adrian dich offenbar auf den dummen Gedanken gebracht, dass *ich* Thela aus diesem Grund umgebracht haben könnte. Sehr geschickt von ihm! Das muss man ihm lassen.«

Sie können sich vielleicht vorstellen, dass mich in diesem Moment alles dazu drängt, mit einem gezielten Fausthieb dafür zu sorgen, dass dieses überhebliche Grinsen aus Rockys Gesicht verschwindet. Aber zum Glück kann die Vernunft den Kampf gegen meine niederen Instinkte mit hauchdünnem Vorsprung für sich entscheiden.

»Selbst wenn wir diesen Punkt vorerst auf sich beruhen lassen«, wirft Greedy ein, »müsstest du uns noch erklären, warum du Frank dazu gebracht hast, eine Überdosis Calminol zu schlucken.«

»Calminol?«, erwidert Rocky scheinheilig und konsultiert das Diagnosegerät. »Bei meiner Untersuchung konnte ich keinerlei Hinweise auf eine solche Substanz entdecken.«

»Sehr gut«, sagt Greedy. »Dann hat mein Enzym inzwischen ganze Arbeit geleistet.«

»Ich verstehe«, sagt Rocky und blickt zu ihr auf. »Dann hast du ihn also gerettet.«

»Richtig.«

Rockys Blick wandert zwischen Greedy und Frank hin und her, während sie angestrengt nachzudenken scheint. »Und jetzt behauptet Frank, ich hätte ihm die Tabletten eingeflößt?«, fragt sie dann. »Möglicherweise ist es ihm peinlich, einen Selbstmordversuch zugeben zu müssen. Das könnte der Grund dafür sein, dass er auf einmal mir die Schuld an all seinem Elend geben will.«

Widerstrebend muss ich Rocky meine heimliche Anerkennung zollen. Sie scheint wirklich an alles gedacht zu haben. Doch eigentlich sollte es mich nicht überraschen, dass es ihr immer wieder gelingt, den Finger auf den wunden Punkt zu legen. Die Geschichte, die Frank uns erzählt hat, und die Schlussfolgerungen, die wir daraus gezogen haben, klingen zwar sehr plausibel, aber es fehlt etwas ganz Entscheidendes, nämlich ein Beweis. Wenn Rocky alles abstreitet, stehen wir praktisch mit leeren Händen da.

Doch Greedy ist offenbar nicht bereit, sich durch diese Widrigkeiten entmutigen zu lassen. »Rocky«, versucht sie an das

Gewissen des arkadischen Zwitterwesens zu appellieren, »du hast mich zutiefst enttäuscht.«

Rocky will zu einem Protest oder einer Rechtfertigung ansetzen, doch schon im nächsten Moment hat sie dieses Vorhaben aufgegeben. Sie ringt eine Weile mit sich, bis sie die Fassung verliert. Anscheinend hat dieser simple Satz aus Greedys Mund mehr bei ihr bewirkt als sämtliche kriminalistischen Konfrontationsversuche.

»Ich dachte, gerade du würdest mich verstehen«, sagt Rocky schließlich. »Ich war einmal dein bester Freund – und deine beste Freundin. Wir beide sind etwas Besonderes …«

»Aber im Gegensatz zu dir habe ich mir geschworen, meine Fähigkeiten niemals gegen das Leben einzusetzen«, erwidert Greedy.

»Was ist das unvollkommene Leben gegen das, was wir erreichen können … gegen das, was eines Tages aus uns werden könnte?«

»Du bist nur an deinem eigenen Leben interessiert, Rocky. Die Begegnung mit dem Anderen, mit dem Fremden macht dir Angst. Deshalb willst du, dass alle genauso werden wie du.«

»Nur so können wir unsere Möglichkeiten entfalten!«, wehrt sich Rocky. »Nur so können wir die Vielfalt des Lebens für uns verwirklichen!«

»Du willst immer nur alles für dich haben, Rocky. Das ist dein Problem. Leben ist nicht nur Nehmen, sondern auch Geben. Leben heißt leben und leben lassen!«

»Du willst mich nicht verstehen, Greedy.«

»Ich verstehe dich sehr gut, Rocky«, entgegnet Greedy. »Vielleicht verstehe ich dich besser als jeder andere hier. Aber ich muss dich für das verachten, was du meinen Mitmenschen angetan hast.«

Rocky steht erschüttert mit gesenktem Kopf da. Dann hebt sie zögernd die Hände. »Würdest du mir einen letzten Gefallen erweisen, Greedy?«

Greedy blickt Rocky reglos an, ohne zu antworten.

»Nimm mich in die Arme!«, bittet Rocky die Arkadierin.

Greedy rührt sich zunächst nicht von der Stelle, doch dann setzt sie sich langsam in Bewegung und legt die Arme um Rockys Oberkörper.

Ich hatte bereits Schwierigkeiten damit, der unerwarteten Wendung dieses Gesprächs zu folgen, aber was nun geschieht, kann ich kaum noch nachvollziehen.

Im Zimmer herrscht atemlose Stille – nur Rockys leise keuchender Atem ist zu hören. Sie klammert sich fast verzweifelt an Greedys Körper. Greedy selbst wirkt zutiefst erschüttert, aber für mich gibt es keinen Anhaltspunkt, was sich in diesen Augenblicken in ihrem Kopf abspielt.

Dann sehe ich, wie Greedy entsetzt die Augen aufreißt, während Rockys Atem schneller geht. Natürlich kommt mir der Gedanke, dass zwischen den beiden irgendeine ungewöhnliche sexuelle Handlung stattfindet, aber danach sieht es eigentlich nicht aus.

Plötzlich schnappt Rocky lauter als zuvor nach Luft – dann ist Ruhe. Absolute Stille. Die ganze Szene – Greedy und Rocky Arm in Arm, umringt von einer Handvoll Arkadiern und einem Erdenmenschen – wirkt wie eingefroren, vorübergehend aus dem Zeitstrom ausgekoppelt.

Eine halbe Ewigkeit scheint vergangen zu sein, als Greedy vorsichtig den Griff lockert, worauf Rocky langsam zu Boden gleitet. Schließlich tritt sie vom leblosen Körper zurück und verlässt schweigend das Apartment.

Es dauert eine Weile, bis July, Frank, die zwei Nachbarn und ich aus unserer Erstarrung erwachen und uns verunsicherte und ratlose Blicke zuwerfen.

12

Ein lähmender Schrecken hat sich über Arkadia gelegt. Rocky ist tot. Wir benötigen kein medizinisches Diagnoseinstrument, um diese Tatsache zu bestätigen. Ist sie freiwillig aus dem Leben geschieden, weil sie die Last ihrer Schuld nicht mehr ertragen konnte? Oder hat Greedy eine Art Todesurteil an ihr vollzogen? Was hat sich in den letzten Momenten zwischen den beiden ehemaligen Freundinnen abgespielt?

Fest steht nur, dass jetzt niemand mehr den Verdacht hegt, ich könnte in irgendeiner Weise für Thelas Tod verantwortlich sein. Nachdem Rockys Leiche fortgeschafft wurde, ziehen sich alle Beteiligten zurück, um über die arkadische Tragödie nachzusinnen. Es schmerzt mich, diesen Stimmungswandel miterleben zu müssen, und ich kann mir kaum vorstellen, dass dieses lebensfrohe Völkchen jemals zu seiner früheren Unbekümmertheit zurückfinden wird. Aber ich wünsche es den Arkadiern von ganzem Herzen.

Ich hatte mir vorgenommen, nach einem Haken, nach der Schlange im Paradies zu suchen, und eine Zeit lang sah es danach aus, dass ich selbst den Sündenfall im Garten Eden ausgelöst hatte. Doch dann erwies sich, dass die Schlange aus der Mitte dieser einzigartigen Gemeinschaft stammte und schon seit einiger Zeit ihr Gift verspritzt hatte.

Irgendwann schrecke ich aus dem Halbschlaf hoch, als es mitten in der Nacht an meiner Tür summt. Ich bin viel zu benommen, um an neue Katastrophen denken zu können, während ich zur Tür wanke und sie öffne.

»Entschuldige die späte Störung«, sagt Greedy mit einer anrührenden Mischung aus Verzweiflung und Verlegenheit. »Aber ich dachte mir, dass du heute Nacht wahrscheinlich auch nicht schlafen kannst.«

»Um ehrlich zu sein, war ich gerade eingenickt, aber spätestens nach einer halben Stunde wäre ich ohnehin wieder aufgewacht«, erwidere ich. »Komm rein!«

»Eigentlich wollte ich dich fragen, ob du mich auf eine kleine Spritztour begleitest.«

»Jetzt? Mitten in der Nacht?«, entgegne ich entgeistert.

»In diesem Moment kann ich keine Wände zwischen mir und dem Rest der Welt ertragen«, sagt Greedy.

Nur zögernd lasse ich mich auf den Gedanken ein, dass es vielleicht auch mir guttun würde, mir etwas frische Nachtluft um die Nase wehen zu lassen.

»Also gut«, sage ich. »Ich ziehe mir nur schnell was an ...«

Doch bevor ich mein Vorhaben in die Tat umsetzen kann, hat Greedy meinen Arm gepackt und zerrt mich splitternackt, wie ich zu Bett gegangen bin, nach draußen. »Lass bitte diesen Unsinn!«, ermahnt sie mich in einem Tonfall, der mir verrät, dass ich ausnahmsweise darauf verzichten sollte, in diesem Punkt meinen Kopf durchsetzen zu wollen.

Wir gehen ein paar Schritte bis zum Platz, auf dem Greedy den Sensograv abgestellt hat, besteigen ohne ein weiteres Wort das Gefährt und gleiten wenig später lautlos unter dem Sternenhimmel von Arkadia dahin.

Der kühle Fahrtwind auf der nackten Haut vertreibt die letzten Reste meiner Müdigkeit. Wieder staune ich darüber, wie geschickt Greedy den Gleiter sogar in der Dunkelheit steuern kann – so geschickt, dass ich es gar nicht bemerke, dass wir inzwischen gelandet sind. Zuerst denke ich, die Frau hat den Verstand verloren, als sie unvermittelt aus dem Gleiter springt, doch dann sehe ich im schwachen Sternenlicht, wie sie über festen Boden geht.

Ich folge ihr mit vorsichtigen Schritten, weil ich das Farngras unter meinen unbeschuhten Füßen kaum erkennen kann, und hole sie auf der Kuppe des kleinen Hügels ein, den sie bestiegen hat. Ich hocke mich neben Greedy ins Gras, und gemeinsam blicken wir schweigend auf die fernen Lichter von Arkadiapolis – auf die klaren Sterne und die leicht flimmernde Beleuchtung der Stadt. Es ist fast so beschaulich wie vor einigen Tagen in der Regennacht, nur dass es diesmal nicht regnet und wir viel weiter von jeder Zivilisation entfernt sind.

Erst nach einiger Zeit bemerke ich das Gebäude, das sich ein Stück unter uns auf einem Nachbarhügel abzeichnet.

»Das ist Sumas Haus«, sagt Greedy, während ich im schwachen Licht in diese Richtung starre.

»Hier bist du also aufgewachsen«, schlussfolgere ich.

»Als Kind bin ich oft in der Nacht auf diesen Hügel gestiegen, um mir die Lichter von Arkadiapolis und die Sterne anzusehen.«

»Wohnt wieder jemand in diesem Haus?«, frage ich.

»Nein, es steht leer«, antwortet Greedy. »Ich habe es offiziell von Suma geerbt, aber ich habe es seit Jahren nicht mehr betreten.«

Es erschüttert mich immer wieder, wenn ich erlebe, wie diese starke, unabhängige und selbstbewusste Frau plötzlich so unsicher und verletzlich wirkt. Ich weiß nur nicht, ob sie mir dadurch verständlicher und vertrauter oder im Gegenteil fremder wird.

»Du warst früher einmal sehr eng mit Rocky befreundet …«, sage ich, nachdem eine unbestimmte Zeitspanne verstrichen ist.

Es dauert eine Weile, bis Greedy leise antwortet. »Damals dachte ich, wir wären … von einer Art … wir wären füreinander bestimmt und würden die Zukunft der Menschheit in uns tragen.«

»Besaß Rocky dieselben Fähigkeiten wie du?«

»Nein«, sagt Greedy. »Sie hat sich schon vor Jahren einer Bioaktivierung unterzogen, um eine bewusste Kontrolle über ihr Nervensystem zu erlangen. Aber es ist ihr niemals gelungen, meine genetische Sensibilität zu entwickeln.«

»Dann vermute ich, dass Rocky heute mit reiner Willenskraft Selbstmord begangen hat.«

»Ja … aber sie wollte mich daran teilhaben lassen«, sagt sie stockend. »Als ich sie in den Armen hielt … konnte ich genau spüren, was sie tat. Es war furchtbar …«

Sie verstummt mit einem schweren Seufzer. Ich spüre genau, wie schwer es ihr fällt, darüber zu reden, was sich heute zwischen Rocky und ihr abgespielt hat.

»Sie war bereit, für ihre Schuld zu büßen«, fährt Greedy nach einer Weile fort. »Ich habe ihre Entscheidung respektiert, aber ich weiß nicht, ob ich richtig gehandelt habe. Ich hätte sie daran hindern können, es zu tun. Aber ich konnte es nicht.«

Ich schweige, da ich nicht weiß, was ich dazu sagen soll.

»Rocky hatte eine Lebensauffassung entwickelt, die ich für monströs halte – auch wenn ich davor zurückschrecke, diesen Begriff zu benutzen«, versucht Greedy mir zu erklären. »Sie hat zum Beispiel nie verstanden, dass es beim Sex darum geht, den Körper und den Geist eines anderen Menschen zu erleben, dass zwischen zwei Menschen etwas ganz Neues entsteht. Rocky wollte immer nur andere nehmen und erobern oder sie sich einverleiben, je nachdem. Im Grunde hat sie davon geträumt, sich selbst zu ficken.«

»Hast du Angst, du könntest eines Tages wie sie werden?«, frage ich.

Als Greedy unvermittelt den Kopf dreht und mich anstarrt, ohne etwas zu sagen, überlege ich, ob ich vielleicht zu weit gegangen bin. Aber dann wird mir klar, dass sie sich diese Frage offensichtlich längst selbst gestellt hat.

»Ich weiß, dass ich ein Freak bin«, sagt sie schließlich. »Ich weiß nicht, wohin mein Weg mich führen wird, aber ich hoffe, dass ich immer ein menschliches Wesen bleiben werde.«

Wieder schweigt sie eine ganze Weile. Als sie endlich weiterspricht, wird mir klar, wie wichtig diese Frage für sie ist, und wie schwer es ihr fällt, sie zu stellen.

»Ist das der Grund, warum du mich nicht berühren willst, Adrian?«

Ich weiß genau, dass Greedy keine netten Floskeln, keine charmanten Komplimente von mir hören will, sondern die Wahrheit. Also überlege ich mir genau, wie meine Antwort auf diese Frage lautet.

»Du machst mir schon ein wenig Angst«, sage ich schließlich. »Aber wenn ich ehrlich bin, macht mir jede Frau Angst, die auf mich zukommt, statt sich von mir … erobern zu lassen.«

»Muss ich das arme, hilflose Mädchen spielen, damit du mich endlich in die Arme nimmst?«

»Ich konnte ja nicht ahnen, dass du das Bedürfnis hast, dich an meiner Schulter auszuweinen.«

»Und ich weiß nicht, ob ich bereit bin, dir diese Genugtuung zu verschaffen.«

»Es verschafft mir keine Genugtuung, wenn ich sehe, dass du leidest.«

Greedy schweigt, und auch mir wird klar, wie unsinnig dieser Wortwechsel ist. Also rücke ich näher an sie heran und lege meinen Arm um sie. Einfach so. Ohne mir oder ihr damit irgendetwas beweisen zu wollen. Nur um ihr zu zeigen, dass ich für sie da bin und sie verstehe. Dass ich sie endlich akzeptieren kann – als Mensch, als Frau und als Wesen mit Fähigkeiten, die mir zugegebenermaßen etwas unheimlich sind. Aber ich habe jetzt keine Angst mehr vor ihr, weil ich weiß, dass sie im Grunde dieselben menschlichen Ängste hat wie ich.

Ich spüre es kaum, wie irgendwann ein ganz leichter Regen einsetzt. Zunächst habe ich das Gefühl, dass ich ein wenig ins Schwitzen geraten bin, obwohl mir nach dem in jeder Hinsicht hitzigen Tag angenehm kühl ist. Ich blicke auf und sehe, dass sich ein zarter Wolkenschleier vor die Sterne gelegt hat.

Ich streiche mit den Händen über meine feuchte Haut und erschaudere. Es ist wieder genauso wie in besagter Regennacht. Durch meine Nacktheit fühle ich mich aufs Engste mit meiner Umwelt verbunden. Unter mir spüre ich das weiche Farngras und den harten Boden, und der leichte Wind umspielt meinen ganzen Körper, der durch die Feuchtigkeit sensibilisiert ist und den feinsten Hauch wahrnimmt.

Und es fühlt sich gut an, Greedy an meiner Seite zu spüren. Unwillkürlich rücke ich noch etwas näher an sie heran, weil mir nun doch ein wenig kühl wird. Nun legt auch sie einen Arm um mich, nachdem sie sich bislang völlig passiv verhalten hat.

Dann geschieht etwas mit uns, das ich in dieser Form noch nie erlebt habe. Ich bemerke, wie sich in mir eine wohlige Wärme ausbreitet. Ich genieße es einfach nur, bis mir bei einer leichten Bewegung bewusst wird, dass ich eine Erektion habe.

Für einen Moment bin ich irritiert. Es ist mir peinlich, und ich atme einmal tief durch, damit es weggeht. Ich muss daran denken, dass es kein gutes Ende genommen hat, als es mir das letzte Mal in Gegenwart dieser Frau passiert ist.

Andererseits hat sie mir bei dieser Gelegenheit klargemacht, dass es ungesund ist, sich zu sehr gegen derartige Regungen zu wehren. Ich versuche, mich ein wenig zu entspannen, und schon bald kehrt das wohlige Gefühl zurück.

Ich bin ein Idiot! Es fühlt sich einfach zu gut an, um sich dagegen zu wehren!

Ich gebe jeden Widerstand auf und spüre gleichzeitig, wie sich mein Freund wieder zu voller Größe emporreckt. Ohne es bewusst zu wollen, drücke ich Greedy fester an mich und streiche über ihren Arm.

Bis jetzt hat sie sich kaum gerührt, doch nun erwidert sie langsam die Berührungen und streicht über meine Haut.

»Puh!«, stöhne ich auf. »Das fühlt sich so unglaublich *gut* an!«

»Scht«, macht sie nur und dreht sich halb zu mir herum. Sie blickt mir in die Augen, und trotz des schwachen Lichts sehe ich, wie es in ihren funkelt. Ich muss lächeln, und dann fühlt es sich an, als hätte sich etwas in mir geöffnet. Diese Frau ist mir immer noch ein bisschen unheimlich, aber auf einmal habe ich keine Angst mehr, mich auf sie einzulassen.

Um es ihr zu zeigen, beuge ich mich ein wenig vor. Als sie nicht zurückweicht, hauche ich ihr einen Kuss auf die Lippen. Greedy erwidert ihn, dann erhebt sie sich, setzt sich auf meinen Schoß und nimmt dabei meinen Schwanz in sich auf. All das ist eine Abfolge von fließend ineinander übergehenden Bewegungen, die so selbstverständlich scheinen, dass mir erst einen Moment später bewusst wird, was geschehen ist.

Ganz langsam fängt Greedy an, sich zu bewegen. Sie gleitet an meinem Schwanz auf und ab, umschließt ihn mit festem Druck, lässt ihn wieder los, massiert ihn mit wellenförmigen Bewegungen, lässt ihn nach draußen gleiten, bis ich ihren feuchten Kuss spüre und sie mich erneut aufnimmt. Ich überlege kurz, ob ich mich aktiv am Geschehen beteiligen sollte, aber sie verwöhnt mich mit solcher Hingabe, dass ich nur noch genieße und zu keiner Regung mehr imstande bin. So wie es ist, fühlt es sich einfach nur *richtig* an.

Dabei scheint es ihr auf irgendeine Weise zu gelingen, mich zu zügeln. Immer wieder baut sich meine Erregung auf, bis sie genau im richtigen Moment innehält und ich mich wieder ein wenig entspanne. Es ist fast so, als würde sie direkten Einfluss auf meine Nervenempfindungen nehmen. Vielleicht tut sie es wirklich, aber ich will gar nicht weiter über diesen Punkt nachdenken.

Ich kann nicht sagen, wie lange dieses Spiel dauert. Irgendwann habe ich jedes Zeitgefühl verloren. Nach einer halben

Ewigkeit spüre ich, dass Greedys Bewegungen schneller werden. Sie reitet mich, während ich mich unter ihr aufbäume und mich nach der Erlösung sehne, die einfach nicht kommen will.

Erst als Greedy mit einem hemmungslosen Schrei den Höhepunkt erreicht, entlässt sie mich aus der Blockade. Im nächsten Moment bin ich nur noch ein zuckendes und pumpendes Geschlechtsorgan, das sich im Hormonrausch entlädt. Immer wieder ziehen sich meine Muskeln zusammen und überschwemmen mich mit glühenden Wellen der Ekstase. Es scheint gar nicht mehr aufhören zu wollen.

Wieder vergeht eine halbe Ewigkeit, bis ich in einen halbwegs normalen Bewusstseinszustand zurückgekehrt bin. Langsam hebe ich den Kopf und schaue in Greedys Augen. Sie erwidert meinen Blick und lächelt wortlos.

Nächste Woche trifft das Schiff ein, mit dem du zurückfliegst«, sagt Greedy irgendwann, als wir auf dem Rücken liegen und die Sterne bewundern. Der Regenschauer hat sich verzogen, und langsam trocknen unsere erhitzten Körper.

»Ja«, antworte ich, da mir nichts Besseres einfällt.

»Ist dir klar, dass man die Sonne der Erde von hier aus sehen kann?«

»Nein«, antworte ich mit leichter Verblüffung. Um ehrlich zu sein, hatte ich bisher noch keinen Gedanken daran verschwendet, dass die Sonne, unter deren wohltuender Strahlung ich aufgewachsen bin, von hier aus betrachtet nur ein Stern unter vielen anderen sein muss.

»Der sehr helle rote Stern da oben ist Pollux, der von der Erde aus gesehen in den Zwillingen steht. Und rechts daneben liegt das Sternbild Omega minor«, erklärt Greedy und zeigt mit dem ausgestreckten Arm auf eine Konstellation aus zwei Bögen, die sich in der Mitte treffen, sodass man darin mit etwas Fantasie ein griechisches kleines ω erkennen kann. »So lautet zumindest die offizielle astronomische Bezeichnung«, fügt sie mit einem leisen Kichern hinzu. »Inoffiziell ... befindet sich eure Sonne genau im Arschloch dieses Sternbildes.«

Ich erkenne sofort, was Greedy meint. »Ich bin mir nicht sicher, ob ich diesen Punkt in meiner Reportage erwähnen sollte.«

»Ich glaube, bisher haben wir es noch keinem Nicht-Arkadier verraten«, sagt Greedy. »Trotzdem würde ich mir diesen unanständigen Ort eines Tages gerne mal aus der Nähe ansehen.«

»Dazu müsstest du dir nur ein Ticket besorgen.«

»Dazu fehlen mir leider die nötigen Mittel«, sagt sie bedauernd. »Ich setze meine Hoffnungen darauf, eines Tages dafür bezahlt zu werden, als Pilotin ein Raumschiff zur Erde zu manövrieren – oder mit meinem eigenen Kahn hinzufliegen.«

»Ich dachte, du fühlst dich auf Arkadia sehr wohl«, werfe ich ein.

»Das ist richtig, aber da draußen gibt es noch so viele Dinge zu entdecken. Und ich weiß genau, dass ich eines Tages viele dieser Sterne besuchen werde. Manchmal frage ich mich, wie unsere Vorfahren den Anblick des Sternenhimmels ertragen konnten, der für sie immer unerreichbar bleiben würde.«

»Ich verstehe nicht, was an der Raumfahrt so aufregend oder romantisch sein soll. Ich bin mit dem Leben auf der Erde eigentlich ganz zufrieden.«

»Ohne Raumfahrt wären wir beide uns niemals begegnet«, sagt Greedy.

»Ohne Raumfahrt hätten sich die Nudisten vielleicht auf einer idyllischen Südseeinsel niedergelassen.«

»Trotzdem möchte ich eines Tages all diese Lichtpunkte aus der Nähe sehen«, sagt Greedy und starrt in den Nachthimmel.

Natürlich kann zu diesem Zeitpunkt noch keiner von uns beiden ahnen, wie schnell und auf welch dramatische Weise ihr Wunsch in Erfüllung gehen soll. In dieser Nacht ist alles noch so friedlich, und wir sind fest davon überzeugt, dass wir unser größtes gemeinsames Abenteuer bereits überstanden haben, während wir entspannt im weichen Farngras des arkadischen Hügels liegen.

Arkadia

Nordpolarmeer
Tiefland
Hochland
Tiefland
Südpolarmeer
Arkadiapolis